글쓰기

탁석산의 글쓰기 1 – 글쓰기에도 매뉴얼이 있다

저자_ 탁석산
1판 1쇄 발행_ 2005. 11. 7.
1판 10쇄 발행_ 2016. 9. 11.

발행처_ 김영사
발행인_ 김강유

등록번호_ 제406-2003-036호
등록일자_ 1979. 5. 17.

경기도 파주시 문발로 197(문발동) 우편번호 10881
마케팅부 031)955-3100, 편집부 031)955-3250, 팩시밀리 031)955-3111

값은 뒤표지에 있습니다.
ISBN 978-89-349-1985-8 14810
        978-89-349-1984-1 (세트)

독자의견 전화_ 02)741-1990
홈페이지_ http://www.gimmyoung.com   카페_ cafe.naver.com/gimmyoung
페이스북_ facebook.com/gybooks   이메일_ bestbook@gimmyoung.com

좋은 독자가 좋은 책을 만듭니다.
김영사는 독자 여러분의 의견에 항상 귀 기울이고 있습니다.

탁석산의 글쓰기
1

글쓰기에도
매뉴얼이 있다

| 탁석산 지음 |

김영사

평생의 친구이자 후원자인
김호택에게

들어가며

글쓰기가 강요되는 사회에 접어들었다. 휴대폰이 등장하면서 많은 사람들은 문자 사용이 줄어들 것으로 예측하기도 했지만 컴퓨터 모니터의 일반화가 종이 사용의 감소를 가져오지 않은 것처럼 오히려 문자 메시지의 사용이 급증하였다.

하지만 우리에게 강요되는 글쓰기는 휴대폰 액정의 짧은 메시지가 아니다. 우리는 어떤 문제에 대한 자신의 생각을 논리 정연하게 쓰기를 요구받고 있다. 인간복제는 윤리적으로 정당화되는지? 여자도 군대에 가는 것이 남녀평등에 맞는 것인지? 끝없이 많은 문제에 대해 어떤 식으로든 글을 써야만 하는 상황인 것이다.

글쓰기는 일생 우리를 쫓아다닌다. 초등학교 때부터 고등학교까지 각종 감상문이나 독후감 또는 조사보고서를 써야만 하고 대학을 가기 위해서는 논술을 준비하고 시험을 봐야 하며 대학에 들어간다고 해서 글쓰기에서 해방되는 것은 결코 아니다. 매

학기 보고서를 몇 건씩 써야만 하며 졸업 후에도 사정은 좋아지지 않는다. 입사 때에는 자기소개서나 포부를 써야만 하고 입사 후에는 사정은 더욱 더 악화되어 각종 기획안이나 보고서를 써야만 승진할 수가 있고 수시로 하는 프레젠테이션도 여간 골치 아픈 것이 아니다. 이런 식으로 일생 동안 글쓰기는 우리를 따라다니며 괴롭힌다.

이 책은 이런 괴로움에서 벗어나고자 하는 사람들을 위한 것이다. 글 쓰는 것이 왜 괴로울까? 많이 읽고 많이 써보면 잘 쓸 수 있다는 것이 사실인가? 그런데 어떻게 연습해야 하나? 글쓰기에 관한 책은 많은데 사서 보면 왜 도움이 안 되는 걸까? 이런 질문을 한 번이라도 자신에게 던진 사람들에게 이 책은 도움이 될 것이다. 왜냐하면 이 책은 글쓰기에 대한 실용적 매뉴얼일 뿐만 아니라 글쓰기가 왜 괴로운지를 심층에서부터 진단하여 원인을 분석하고 대책을 제시하기 때문이다.

게다가 논증이라는 핵심 개념을 중심으로 우리에게 실제로 필요한 글쓰기 문제는 거의 다 해결할 수 있다는 점을 체계적으로 그리고 손에 잡히게 쉽고 친절하게 보여주기 때문이다. 글쓰기에 대해 훈련이 없는 사람이라도 마음만 먹는다면 충분히 따라갈 수 있을 것이다. 글쓰기가 아무리 어렵다 해도 사람이 하는 일인데 왜 방책이 없겠는가. 사람이 쓰고 사람이 읽는 글인데 왜 방법이 없겠는가.

이 시리즈는 다음과 같은 단계로 구성되어 있다. 첫 번째는 글쓰기에 대한 항간의 잘못된 통념을 부수고 우리의 마음을 해방시키고 깨끗하게 하는 일이다. 가령 글을 말하듯 쓰면 된다는 얘기가 왜 터무니없는 것인지 등을 밝혀 글쓰기에 대한 오해를 제거하여 그 결과 가벼운 마음으로 글쓰기에 임할 수 있도록 하는 것이다.

두 번째는 감상문, 보고서, 논술, 기획안, 칼럼 등의 온갖 실용적 글쓰기의 토대가 되는 논증이 무엇인지를 알게 하고 실제로 논증을 만드는 연습을 하는 것이다. 좋은 논증의 개념이 확실히 잡히고 논증을 만들 줄 안다면 기본기를 닦은 것이 된다. 기본기가 있어야 발전 가능성이 크고 다양한 문제에 대한 응용 대처 능력이 생기게 된다. 우리나라의 병폐 중 하나는 기본기 없이 무작정 달려든다는 것이다. 기본기도 없이 경기에 나간다고나 할까. 논증이 무엇인지도 모르면서 논술 지도만 받는 것도 이에 해당한다.

세 번째는 기본기를 바탕으로 실제 문제를 해결하는 과정을 보이는 것이다. 지금 우리 사회에서 논술과 보고서 작성만큼 실제적인 문제도 없을 것이다. 이런 실제적인 문제를 차분하게 분석하고 대처 요령을 보여주고 실제로 연습하도록 하는 것이다. 논술이 아무리 유형을 바꾸고 보고서가 아무리 어려운 주제를 제시하더라도 기본기가 잘 되어 있으면 별 어려움 없이 대처할 수 있을 것이다.

소설이나 시를 쓰는 데는 왕도가 없겠지만 논술이나 보고서와 같은 실용적 글쓰기에는 분명 왕도가 있다. 그리고 다행히도 실용적 글쓰기의 왕도는 대부분의 사람이 찬찬히 들여다보고 연습하면 취할 수 있는 길이다. 이 책은 그 왕도가 무엇인지 보여주고자 한다.

차례

라는 말도 있었다. 또 책은 없고 이상한 시스템만 있다는 이야기도 들렸다. 자세히는 모르겠으나 말이 도서관이지 모든 것을 가르쳐주는 학원 같은 곳이라는 소문도 있었다. 입장료는 무료이고 시간제한은 없다고 하는데 실제로 어떤 곳인지는 생긴 지 얼마 되지 않기 때문에 기본 사람이 많지 않아 정확히는 알 수 없었다. 들리는 말로는 기적의 도서관에는 종이로 된 책은 한 권도 없다고 했다. 그리고 관리하는 사람이 한 명도 없는데 신기하게도 모든 책을 읽을 수 있다는 말도 있었다. 또 책은 없고 이상한 시스템만 있다는 이야기도 들렸다. 자세히는 모르겠으나 말이 도서관이지 모든 것을 가르쳐주는 학원 같은 곳이라는 소문도 있었다. 입장료는 무료이고 시간제한은 없다고 하는데 실제로 어떤 곳인지는 생긴 지 얼마 되지 않기 때문에 기본 사람이 많지 않아 정확히는 알 수 없었다. 들리는 말로는 기적의 도서관에는 종이로 된 책은 한 권도 없다고 했다. 그리고 관리하는 사람이 한 명도 없는데 신기하게도 모든 책을 읽을 수 있다는 말도 있었다. 또 책은 없고 이상한 시스템만 있다는 이야기도 들렸다. 자세히는 모르겠으나 말이 도서관이지 모든 것을 가르쳐주는 학원 같은 곳이라는 소문도 있었다. 입장료는 무료이고 시간제한은 없다고 하는데 실제로 어떤 곳인지는 생긴 지 얼마 되지 않기 때문에 기본 사람이 많지 않아 정확히는 알 수 없었다. 들리는 말로는 기적의 도서관에는 종이로 된 책은 한 권도 없다고 했다. 그리고 관리하는 사람이 한 명도 없는데 신기하게도 모든 책을 읽을 수 있다는 말도 있었다. 또 책은 없고 이상한 시스템만 있다는 이야기도 들렸다. 자세히는 모르겠으나 말이 도서관이지 모든 것을 가르쳐주는 학원 같은 곳이라는 소문도 있었다. 입장료는 무료이고 시간제한은 없다고 하는데 실제로 어떤 곳인지는 생긴 지 얼마 되지 않기 때문에 기본 사람이 많지 않아 정확히는 알 수 없었다. 들리는 말로는 기적의 도서관에는 종이로 된 책은 한 권도 없다고 했다. 그리고 관리하는 사람이 한 명도 없는데 신기하게도 모든 책을 읽을 수 있다는 말도 있었다.

-1-
기적의
도서관

도서관에 가다 · 테스트를 받다 ·
맨땅에 헤딩하는 수준 · 문필의
고수를 꿈꾸다 · 다시 도서관으로

도서관에
가다

먹구름 사이를 비껴 나타난 따가운 햇살이 반쯤 열린 창을 통해 현민의 얼굴에 쏟아졌다. 현민은 덮고 있던 이불을 당겨 얼굴을 가리고 햇살을 피해 옆으로 누웠다.

'아함~, 비가 그쳤나 보네….'

방학이라 시간에 맞춰 일어날 이유는 없었지만 그래도 오늘은 근처에 새로 생긴 기적의 도서관에 가보려 했었는데 평소처럼 늦잠을 자고야 말았다.

들리는 말로는 기적의 도서관에는 종이로 된 책은 한 권도 없다고 했다. 그리고 관리하는 사람이 한 명도 없는데 신기하게도 모든 책을 읽을 수 있다는 말도 있었다. 또 책은 없고 이상한 시스템만 있다는 이야기도 들렸다. 자세히는 모르겠으나 말이 도서관이지 모든 것을 가르쳐주는 학원 같은 곳이라는 소문도 있었다. 입장료는 무료이고 시간제한은 없다고 하는데 실제로 어떤 곳인지는 생긴 지 얼마 되지 않기 때문에 가본 사람이 많지 않아 정확히는 알 수 없었다. 현민은 자리에서 일어나 대충 씻고 어머니가 차려주신 밥을 먹는 둥 마는 둥 하고 집을 나섰다.

현민의 요즘 최대 고민은 글쓰기였다. 지난번의 치욕을 잊을 수가 없었다. 방학하기 며칠 전 학교에서 논술시험을 보았는데 100점 만점에 69점이 나왔던 것이다. 나름대로 기출문제도 풀어 보며 준비도 하고 여러 번 모의시험을 보았음에도 70점도 못 넘고야 말았다. 비록 자신이 공부하는 데 있어서 평범한 편이며 어쩌면 조금 둔하다고 여기고는 있었지만 둔한 사람은 글도 못 쓰나 하는 의구심이 들어 며칠 동안 마음이 편치 않았다. 하지만 이미 지난 일인데 계속 고민만 하는 것은 부질없다는 생각이 들었다. 그래서 기적의 도서관에서는 모든 것을 가르쳐준다는 소문이 있으니 일단 가서 글쓰기를 배워보기로 했다. 게다가 공짜라고 하니 밑져야 본전이라는 마음으로 가보고 구경이라도 하고 올 생각이었다.

도서관의 입구에 서니 자동으로 문이 열렸다. 몇 걸음 안으로 들어서니 조금 어두운 조명 아래 원형의 텅 빈 공간이 나타났다.

'아니, 도서관에 아무 것도 없네.' 하고 생각하는 순간 현민의 앞으로 투명한 스크린이 순식간에 내려왔다. 그리고 스크린 위에 안내원으로 보이는 여자가 등장하더니 상냥한 말투로 물었다.

"무엇을 알고 싶습니까?"

'무엇을 알고 싶으냐고? 무슨 책을 찾느냐고 묻지를 않고? 희한한 도서관이네. 책이 주제별로 분류되어 있나? 아니면 고객 맞춤 서비스인가?'

이런저런 생각을 하고 있는데 다시 목소리가 들려왔다.

잠깐! 뭐더라!

멘토[Mentor]
현명하고 신뢰할 수 있는 상담 상대, 스승의 의미로 쓰이는 말. 《오디세이아》에 나오는 오디세우스의 충실한 조언자의 이름에서 유래. 오디세우스가 트로이 전쟁에 출정한 10여 년 동안 그의 아들인 텔레마코스의 교육을 맡아 친구이자 선생, 상담자로 때로는 아버지가 되어 잘 돌보아 주었다고 한다.

"궁금한 게 없다면 돌아가 주시기 바랍니다."

"아니, 여기 도서관 아닌가요? 무슨 책이 있는지 보고 싶은데요…."

"책은 없습니다."

"그럼 여기엔 무엇이 있나요? 책이 없는데 왜 도서관이라고 하죠?"

"여기에는 책이 아니라 멘토가 있습니다."

"멘토가 뭔가요? 스승을 말하나요?"

"그렇습니다. 이 도서관에는 수많은 멘토가 있습니다."

멘토라고 하면 스승이나 훌륭한 조언자가 많다는 것이겠지만 주위를 둘러봐도 아무도 보이지 않았다. 현민은 자신 앞에 있는 투명 스크린과 안내원, 그리고 수많은 멘토가 있다는 말에 이야기라도 해보기로 했다.

"글쓰기를 담당하는 멘토도 있나요?"

"물론입니다. 이곳에는 모든 종류의 멘토가 있으니까요."

"그럼, 어떻게 해야 하죠? 멘토를 어떻게 만날 수 있나요?"

"멘토를 만나기 전에 고객님의 상태를 점검해야만 합니다. 글쓰기에 대한 간단한 테스트가 있으니 응해주시길 바랍니다."

현민은 도서관에 와서도 테스트를 받아야 한다는 말에 조금은 당황스러웠다.

"테스트 안 하면 어떻게 되나요? 멘토를 만날 수 없나요?"

"물론입니다. 하지만 걱정하실 필요는 없습니다. 테스트는 단순히 어떤 멘토가 당신에게 맞는지를 알아보기 위한 것이며 금방 끝납니다."

"예, 한번 해보지요. 저는 어떻게 하면 글을 잘 쓸 수 있는지 알고 싶습니다."

"알겠습니다. 바로 테스트에 들어가겠습니다."

안내원의 말이 떨어지자마자 안내원은 사라지고 스크린 위에 표가 나타났다.

테스트를
받다

이렇게 뻔한 항목으로 어떻게 자신에게 필요한 멘토를 찾을 수 있다는 건지?

스크린에 나타난 표는 별로 복잡해 보이지 않았다. 항목을 하나씩 읽어가면서 '예' 또는 '아니오'를 누르면 되는 것 같았다. 현민은 내심 안심이 되었다. 글쓰기에 관한 테스트라고 해서 실제로 짧은 글을 써보라고 하면 어떡하나 고민했는데 쓰는 것이 아니라 그저 몇 개의 질문에 단순히 '예'나 '아니오'를 누르기만

❶ 누구나 노력하면 글을 잘 쓸 수 있다   예   아니오

❷ 말하듯이 글을 쓰면 된다   예   아니오

❸ 많이 읽고 많이 써보면 글을 잘 쓸 수 있다   예   아니오

❹ 글은 서론, 본론, 결론으로 구성된다   예   아니오

❺ 글은 문장력이다   예   아니오

❻ 글쓰기의 궁극적 목표는 인격을 닦는 것이다   예   아니오

하면 되니 정말 다행이었다. 글쓰기 테스트가 생각보다 쉽다는 생각을 하고 가벼운 마음으로 항목을 하나씩 읽어나갔다.

누구나 노력하면 글을 잘 쓸 수 있다

현민은 잠깐 생각하고는 '예'를 눌렀다. 노력을 하지 않아서 그렇지 모든 사람은 아니더라도 대부분의 사람은 글을 잘 쓸 수 있지 않을까 하는 생각이 들었기 때문이었다. 게다가 누구나 노력하면 글을 잘 쓸 수 있다고 논술학원에서 귀에 못이 박히게 들어온 터였다. 현민은 다음 문항으로 눈을 돌렸다.

말하듯이 글을 쓰면 된다

글은 말하듯이 쓰면 되는데 너무 어렵게 생각하기 때문에 글을 못 쓰게 되는 것이라는 얘기는 정말 많이 들어왔다. 현민은 테스트가 너무 쉽다는 생각을 하며 '예'를 눌렀다.

많이 읽고 많이 써보면 글을 잘 쓸 수 있다

너무도 당연한 이야기라고 여겨졌다. 그리고 선생님들이 항상 강조하는 말이기도 했다.

'많이 읽어라. 그리고 많이 써봐라. 글쓰기가 어렵다면 일기라도 쓰고, 책 읽기가 싫으면 신문이라도 읽어라.' 이런 말들은 귀가 따갑도록 들었었다. 현민은 '예'를 누르며 문제가 너무 쉬워 만점을 받겠다고 생각했다.

글은 서론, 본론, 결론으로 구성된다

'야, 이건 심한데. 이런 당연한 것이 어떻게 테스트에 나왔지?' 혹시 잘못 출제된 것이 아닐까 하는 생각을 하면서 '예'를 눌렀다. 그리고는 남은 문제가 몇 개인지 헤아려보았다. 문항이 두 개 남아 있었다. 현민은 테스트를 빨리 끝내고 싶은 마음에 다음 문항으로 빠르게 눈을 돌렸다.

글은 문장력이다

현민은 너무도 당연하다는 생각을 하며 '예'를 눌렀다. 글은 결국 문장으로 이루어진다고 들은 것이 어디 한두 번인가. 그리고 서점에 있는 글쓰기 책의 대부분은 바른 문장을 쓰는 방법에 관한 것이었다. 단어부터 문장의 구조에 이르기까지 올바르고 간결한 문장 쓰는 법이 글쓰기 책의 대부분인데 이런 항목이 나온 것이 의외라는 생각이 들었다. 그래서 정말 이것이 글쓰기를 잘하기 위한 테스트인가에 대해서도 의심이 들었다.

한편으로는 이렇게 뻔한 항목으로 어떻게 자신에게 필요한 멘토를 찾을 수 있다는 것인지 궁금해졌다. 역시 짧기는 해도 실제로 한 편의 글을 써보게 하는 것이 유용하겠구나 하는 생각이 머리를 스쳤다. 현민은 거의 다 끝났으니 마지막 항목까지 보기로 했다.

글쓰기의 궁극적 목표는 인격을 닦는 것이다

'음, 조금 어려운데…. 인격을 닦기 위해 글을 쓰나? 나는 시

험 잘 보려고 글쓰기 훈련을 하고 있는데. 결국 잘 먹고 잘 사는
데 도움이 되니까 글쓰기 하려는 것인데. 갈등이 생기는군.'

　하지만 기억을 떠올려 보니 선인들은 인격도야를 위해 글을
쓴다고 했던 것 같았다. 그리고 어느 책에선가 본 '글은 곧 그 사
람이다' 라는 말도 떠올랐다. 현민은 '예'를 눌렀다.

맨땅에
헤딩하는 수준

아니, 믿을 수 없어
내가 이런 수준이라구?

마지막 항목에 '예'를 누르자마자 화면이 변하면서 우측에 득점 칸이 덧붙여지더니 합계가 나왔다.

현민은 내심 좋은 점수를 기대하고 있었는데 점수를 보고 놀라지 않을 수 없었다. 합계 점수를 보니 0점이었다. 그리고 채점 기준에 'YES'가 0점이고 'NO'가 1점으로 되어 있는 것도 이상했다.

'그러면 0점이 무엇을 말하는 거지? 좋다는 거야, 나쁘다는 거야?'

현민은 너무 답답하고 궁금한 나머지 허공을 향해 소리를 질렀다. 비록 사람은 보이지 않았지만 물어보면 답변이 나올 것 같았기 때문이었다.

"이게 무엇을 뜻하는 거죠?"

안내원의 목소리가 들려왔다.

"궁금하시면 합계 점수를 손가락으로 가볍게 눌러주십시오."

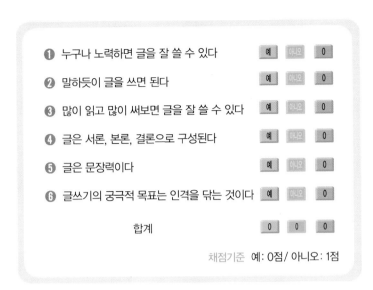

		예	아니오	0
❶	누구나 노력하면 글을 잘 쓸 수 있다	예	아니오	0
❷	말하듯이 글을 쓰면 된다	예	아니오	0
❸	많이 읽고 많이 써보면 글을 잘 쓸 수 있다	예	아니오	0
❹	글은 서론, 본론, 결론으로 구성된다	예	아니오	0
❺	글은 문장력이다	예	아니오	0
❻	글쓰기의 궁극적 목표는 인격을 닦는 것이다	예	아니오	0
	합계	0	0	0

채점기준 예: 0점 / 아니오: 1점

현민은 조금은 긴장된 마음으로 합계 점수 0에 검지를 가볍게 올려놓았다. 그 순간 화면이 변하더니 다음과 같은 것이 나타났다.

평가 : 0점(F) 맨땅에 헤딩하는 수준

'이건 또 뭔가! 내가 최하등급이라니! 기준이 도대체 뭐야?'

현민은 기분이 나빠졌지만 A를 받으려면 몇 점을 받아야 되는 지가 더 궁금했다.

"그럼, 몇 점이 A입니까?"

그러자 이번에는 투명 스크린 위쪽에 안내원이 나타나더니 '평가'를 누르라고 말하였다. 현민이 '평가'를 누르자 다음과 같은 결과가 아래로 펼쳐졌다.

1~2점(D) 시작은 하였다

3~4점(C) 아직은 갈 길이 멀다

5점(B) 조금만 노력하면 고수가 될 수 있다

6점(A) 하산

　현민은 자신이 글쓰기에 전혀 소질이 없다는 것 같아서 기분이 좋지 않았다. 특히 '맨땅에 헤딩하는 수준'이라는 말에 몹시도 기분이 상했다. 학교에서 글쓰기 시험을 보면 적어도 70점 정도는 받았는데 정말 이상했다. 한편으로는 몇 개 항목밖에 없는 테스트가 엉터리일 것이라는 생각도 들었다. 현민은 분을 가라앉히고 안내원에게 물었다.

　"이 테스트는 믿을 만한가요? 아무래도 이상한데요. 내가 F라뇨. 비록 글쓰기를 잘하지는 못하지만 그렇다고 못하는 편도 아닌데 이 결과는 믿을 수 없네요."

　현민의 다소 신경질적인 말투에도 안내원은 부드럽지만 단호하게 말했다.

　"테스트는 아무 이상이 없습니다. 결과를 받아들이지 않는다면 더 이상 이 도서관을 이용하실 수 없습니다."

　현민은 안내원의 단호한 말투에 화가 났다.

　"뭐 이런 도서관이 다 있어! 에이, 기분 나빠."

　"종료하시겠습니까?"

　"여기 아니면 도서관이 없나?"

　"알겠습니다. 종료하겠습니다."

사무적인 짧은 대답과 함께 안내원과 투명 스크린이 사라져버렸다. 다시 도서관에는 텅 빈 원형의 공간만 남았고 아무 소리도 들리지 않았다. 현민은 주위를 둘러보았으나 그곳에는 자신밖에는 없는 것 같았다. 혼자라는 생각에 조금은 무섭다는 생각이 들었으나 그보다는 기분이 나빴기 때문에 발걸음을 돌려 출입구로 향했다. 문에 가까이 다가가자 "이용해주셔서 감사합니다."라는 말과 함께 문이 열렸고 현민은 빠른 걸음으로 도서관을 빠져나왔다.

문필의
고수를 꿈꾸다

고수가 되어 하산하고파!

 기적의 도서관에 갔다 온 지 며칠이 지났다. 그 동안 현민은 도서관 일을 까맣게 잊고 있었다. 원래 기분 나쁜 일은 쉽게 잊는 성격이라 테스트에서 F를 받은 일도 쉽게 잊을 수 있었다. 평소처럼 TV도 보고, 게임도 하고, 만화책도 빌려보면서 시간을 보내고 있었다.

 하루는 만화책을 빌려와 침대에 누워서 보는데 '하산'이라는 단어가 문득 현민의 눈에 들어왔다. 무협지와 무협영화를 즐겨 보던 현민에게 하산이라는 말은 언제나 매력적인 말이었다. 하산이라는 것은 산속에 들어가 혹독한 훈련을 마치고 이제는 강호의 세계에 나아가도 전혀 손색이 없다고 느껴질 때, 또는 이제 고수가 되었으므로 더 이상 가르칠 것이 없다고 생각되었을 때 비로소 스승이 제자에게 해주는 말이었다. 현민은 무협지를 보며 하산하는 제자의 모습을 자신의 모습인 양 상상해본 적이 한두 번이 아니었다. 그래서 하산이라는 말에는 언제나 가슴이 두근거렸다.

그런데 기적의 도서관에서는 하산이라는 말이 눈에 들어오지 않았었다. 자신의 테스트 점수가 F라는 것이, 아니 더 정확히 말하면 '맨땅에 헤딩하는 수준'이라는 말에 너무 화가 났었기 때문이었다. 현민은 힘든 수련을 마치고 하산하여 강호를 의연하게 떠도는 자신의 모습을 떠올렸다.

'하지만 지금은 강호도 없고 무림도 없잖아. 하산은 무슨 하산. 에이, 잊어버리자.'

현민은 테스트 일은 잊기로 했다.

며칠이 지난 후 침대에서 막 눈을 뜬 현민에게 다시 하산이라는 말이 떠올랐다. 6점이 하산이고, 5점이 고수가 될 수 있다는 말이 생각났다. 그래서 어떻게 하면 6점을 받았을지 생각해 보니 자신의 생각과 전부 반대였었다는 것에 생각이 미쳤다. 아무래도 이상하다는 생각에 현민은 그때의 질문을 떠올려 보려고 노력했다.

고수가 되어서 하산할 수 있다면 무림의 세계가 아니라 문필의 세계라도 멋있을 것 같아 보였기 때문이다. 글로써 승부를 가르는 문필의 세계에서 최고수는 아니더라도 고수가 되어 각종 문필가들과 대결해보는 것도 재미있을 것 같았고, 날로 공력을 쌓아 글 쓰는 세계에서 고수가 되는 것 자체로도 의미가 있다고 생각되었다. 하지만 그보다는 당장 논술이며 대학에서의 보고서며 입사 후의 기획안이며 이런 글들을 잘 써야만 하는 현실적 이유가 다시금 절실하게 느껴졌다.

'아, 글을 써야만 살아갈 수 있는 세상이라니! 예전에도 이랬었나?' 하는 생각을 하다가 다시금 테스트 점수가 떠올랐다. 현민은 6점을 맞기 위해서는 글쓰기에 어떤 태도가 맞는지 기억을 더듬어보았다. 현민은 정신을 집중하여 질문들을 떠올리고 '아니오'를 눌렀어야 득점을 했을 것이라는 것을 생각하며 그 테스트가 말하고자 하는 것이 어떤 것이었는지 연습장에 정리해보았다.

글은 누구나 노력하면 잘 쓸 수 있는 것은 아니며 또한 말하듯이 쓴다고 되는 것도 아니다. 게다가 많이 읽고 많이 써본다고 해서 글을 잘 쓰는 것도 아니며 글이란 서론, 본론, 결론으로 구성되지 않는다. 또한 글은 문장력이 아니며 글쓰기의 궁극적 목표는 인격도야에 있지 않다.

하지만 써놓고 아무리 들여다보아도 도무지 이해가 되지 않았다. 도대체 무슨 기준이 있어서 이런 테스트를 하는 것인지 알 수가 없었다. 말하듯이 글을 쓰지 않는다면 구어체로 쓰면 안 되고 문어체로 써야 한다는 것인가? 또 많이 읽고 많이 쓰는 것이 글 잘 쓰는 방법이 아니라면 적게 읽고 적게 쓰라는 것인가? 아니면 다른 뜻이 있나? 하나하나 생각을 해보면 할수록 더 이해가 되지 않았다.

《영어공부 절대로 하지 마라》라는 책이 있었는데 그런 반어법이지 않을까 하는 의구심도 들었다. '지금의 영어공부 방식으로는 절대로 하지 마라' 정도의 뜻으로 생각해보았을 때, 글이란 것도 지금의 방식으로는 안 된다는 주장을 하고 싶은 것은 아닐까. 그래도 그렇지 너무 심한 것 아닐까. 영어야 외국어이고 교육전통도 짧지만, 글이야 아주 오래 전부터 있어 왔고 우리나라에도 나름의 노하우가 축적되어 있는데 글쓰기에 대한 상식을 이런 식으로 뒤엎을 수 있겠는가. 생각이 너무 복잡해졌다고 느낀 현민은 일단 한숨 자기로 했다.

다시
도서관으로

무료라잖아~
한번 해봐!

   늦은 잠에서 깨어나 오늘도 똑같은 하루를 지내야 한다고 생각하니 갑자기 인생이 지루하다고 느껴졌다. 어찌 보면 꾸역꾸역 살아가는 것이 인생일지도 모른다는 생각이 들자 조금은 우울해졌다. 우울할 때는 햇볕을 쏘이라고 했던 TV 속 의사의 말이 떠올랐다. 그래서 현민은 밖으로 나가서 햇볕 속을 거닐기로 했다. 햇볕 속을 거닐다 보면 마음이 조금은 가벼워질 것 같았다. 문밖을 나서니 역시 정오의 햇살이 눈부셨다. 지나가는 사람들의 옷차림과 걸음걸이, 표정들을 살피며 걷다보니 마음이 조금은 가벼워진 것 같았다. 하늘과 사람들을 번갈아보며 걷던 현민은 문득 걸음을 멈추었다. 자신도 모르게 기적의 도서관 앞에 와 있었기 때문이었다.

   도서관 앞에 서니 그때의 충격이 다시금 떠올랐다. 자신의 상식을 뒤집어버렸던 테스트가 생각났던 것이다. 현민은 도서관에 발을 들여놓았다. 하산이라든가 고수라든가 하는 단어 때문이 아니라 테스트에 나왔던 문항에 의심이 들었기 때문이었다. 그리고 책을 읽을 필요도 없고 과제도 없으며 무료이니 들어가서 물어보는 것이 손해는 아니라는 생각도 들었다. 게다가 지금은 할 일도 특별히 없고 심심하니 도서관에서 시간을 때우는 것도 나쁘지 않아 보였다.

발을 들여놓자 투명한 스크린이 내려왔고 지난번의 그 안내원이 상냥한 목소리로 맞아주었다.

"다시 오신 걸 환영합니다. 오늘은 무슨 일로 오셨나요?"

현민은 안내원이 자신을 기억하고 있다는 것이 조금은 신기했다.

"특별한 것은 아니고요…. 지난번에 했던 테스트 결과가 아무래도 이상해서 왔습니다."

"아, 결과를 납득할 수 없다는 말씀이시군요. 사실 그런 분들은 아주 많았습니다. 하지만 다시 찾아온 분은 당신이 처음입니다."

"처음이라고요? 왜 다른 사람들은 오지 않았나요?"

"글쎄요. 그건 잘 모르겠습니다. 하지만 이런 것은 있는 것 같습니다. 누구나 문제를 알고 있지만 그 문제를 해결한 사람은 드물다는 것입니다. 즉 거의 모든 사람이 글 쓰는 것에 어려움을 느끼고 문제를 해결하려 시도하지만 성공한 사람은 별로 없다는 것입니다."

"그렇다면 이곳이 성공을 보장한다는 것인가요?"

"꼭 그렇지마는 않습니다. 다만 당신은 이곳에서 가장 낮은 단계에서부터 가장 높은 단계까지의 프로그램을 제공받을 수 있습니다."

"프로그램이라뇨? 여기는 도서관 아닌가요? 학원처럼 느껴지네요."

"이곳은 새로운 개념의 도서관입니다. 책이 아니라 멘토를 통해 고객이 원하는 것을 일대일로 제공합니다."

"지난번에 왔을 때 그런 말을 듣긴 했는데요…."

"의아해하시는군요. 그럼 제가 질문을 드리겠습니다."

안내원이 질문을 하겠다는 말에 정말 이상한 도서관이라는 생각을 하는데, 안내원의 목소리가 들려왔다.

"사람들은 왜 책을 읽습니까?"

"그거야 알고 싶은 것이 있으니까 그런 것 아닐까요?"

"그럼 알고 싶은 것을 알게 되면 목적을 달성하는 것 아닌가요?"

"그렇지요."

"그렇다면 책을 읽는 것이 아니라 멘토를 통해 일대일로 배우는 것도 방법이 되지 않겠습니까? 그리고 그런 장소를 도서관이라 부르든 학원이라 부르든 무슨 관계가 있겠습니까?"

"그렇기도 하네요. 따지고 보면 책을 읽는 것도 무엇인가를 아는 하나의 방법일 뿐이겠지요. 예로부터 돈 많은 사람들은 다 가정교사를 두고 일대일로 배웠다고 들은 것 같군요."

"잘 아시는군요. 유명한 철학자 아리스토텔레스는 3년 동안 알렉산더 대왕에게 철학과 윤리학 등을 가르쳤다고 하고, 《자유

론》을 쓴 존 스튜어트 밀의 가정교사는 아버지였다고 합니다. 한
국도 마찬가지였습니다. 누구는 누구의 문하이고 누구는 누구의
스승이라는 것은 예전에는 흔한 일이었습
니다. 하지만 근대 이후 대중교육이 실시
되면서 일대일 교육은 점차 사라지게 된
것이죠. 이제 이 기적의 도서관이 전통적
인 일대일 교육을 실시하고자 합니다."

《자유론》
영국의 사상가이자 경제학자인 존
스튜어트 밀의 저서로 1859년 간
행되었다. 시민의 자유에 대한 고
전적 저서로, 자유에 대한 사상을
집대성함과 동시에 19세기 중엽의
자유를 둘러싼 문제점에 대해 구체
적으로 논술한 고전적 명저로 평가
받고 있다.

　전통적인 일대일 교육이라는 말에 현민
은 귀가 번쩍 뜨였다. 사실 여러 명을 놓고
하는 수업은 일방적으로 이루어지기 때문에 일대일 수업이 훨씬
재미가 있을 것 같았다. 하지만 일대일 수업에서는 과제나 부담
이 더 늘어나지 않을까 하는 걱정도 들었다. 그때 안내원이 말했
다.

　"힘들지 않을까 걱정하는 눈치군요. 걱정하지 마십시
오. 이 프로그램은 아주 재미있어서 시간 가는 줄 모를
것입니다. 시작이 중요합니다."

　일대일 교육이 재미있다는 안내원의 설명에 현민은 한번 해볼
까 하는 마음이 들었다. 정말 재미있을지도 모르고 또 프로그램
을 무사히 마치면 정말 글쓰기의 고수가 될 수도 있다는 생각이
들었던 것이다. 밑져야 본전이라는 마음으로 해보기로 했다.

　"어떻게 시작하면 되죠?"

　"간단합니다. 내일 오셔서 그냥 시작하면 됩니다. 아무런 준비
도 필요 없습니다. 내일 편한 시간에 오시면 바로 시작하게 됩니

다. 해보시면 방법은 곧 알게 됩니다."

"예, 그럼 내일 오겠습니다."

현민은 집에 돌아와서는 도서관에 대하여 별다른 생각을 하지 않기로 했다. 그냥 내일 도서관에 가서 한번 겪어보고 난 후 다시 생각하기로 하였다. 그리고 지금으로서는 어떻게 하는 것인지 알 수도 없었으므로 일단 믿어보기로 했다.

-2-

노력해서
되는글과
노력해도
안되는글

멘토를 만나다 · 두 종류의 글쓰기 · 문학적 글쓰기와 실용적 글쓰기

누구나 노력하면 글을
잘 쓸 수 있다

현민 그럼 노력해도 글쓰기를 잘할 수 없다는 건가요?

멘토 가장 먼저 짚고 넘어가야 할 것이 있습니다. 바로 글에는 문학적 글쓰기와 실용적 글쓰기의 두 가지 종류가 있다는 것입니다.

멘토 우리가 일반적으로 생각하는 글쓰기는 문학적 글쓰기를 이르는 것으로 문학적 글쓰기는 노력해도 잘 쓸 수 없습니다. 반면 우리가 지금 배우고자 하는 '논술'은 실용적 글쓰기로서 노력하면 잘 쓸 수 있습니다.

멘토 논술, 보고서, 기획안 등을 잘 쓰기 위해서는 문학적 글쓰기와 실용적 글쓰기의 차이를 명확히 이해하는 것이 선행되어야 하며, 문학적 글쓰기에 대한 오해를 먼저 벗어버리는 것이 필요합니다.

멘토를
만나다

드디어 만나는 거야?
누구나파 멘토.

다음날 현민은 평소보다 일찍 눈을 떴다. 그리고 조금은 설레는 마음으로 도서관으로 향했다. 이상한 도서관이라 어떻게 교육을 할지 도무지 짐작이 가지 않았던 것이다. 문이 열리고 텅 빈 공간에 서자 안내원이 투명 스크린 위에 웃음을 머금고 등장했다.

"정말 오셨군요. 환영합니다. 그럼 바로 시작하겠습니다. 다음 스크린에서 제일 궁금한 항목에 손가락을 대주시길 바랍니다. 편안한 여행이 되길 바랍니다."

소리와 함께 안내원이 사라지자 지난번에 했던 테스트 항목이 나타났다. 6개의 항목이 서로 자신을 선택해 달라고 하는 것처럼 보였지만 다시 한 번 찬찬히 항목들을 살펴보았다. 역시 모두 이해가 안 되는 것들이었지만 그래도 그 중 가장 만만해 보이는 '누구나 노력하면 글을 잘 쓸 수 있다' 항목에 손가락을 가져갔다.

그러자 갑자기 현민은 어느 다른 공간으로 빨려 들어가는 듯

❶ 누구나 노력하면 글을 잘 쓸 수 있다

❷ 말하듯이 글을 쓰면 된다

❸ 많이 읽고 많이 써보면 글을 잘 쓸 수 있다

❹ 글은 서론, 본론, 결론으로 구성된다

❺ 글은 문장력이다

❻ 글쓰기의 궁극적 목표는 인격을 닦는 것이다

한 느낌을 강렬하게 받았다. 설명하기는 어려웠지만 시간과 공간 등이 한꺼번에 바뀌는 듯한 느낌이었다. 밝은 빛에 순간적으로 눈을 감았는데, 잠시 후 눈을 떠보니 아무런 장식도 없는 문 앞에 '누구나파'라고 쓰인 간판이 서 있었다. 무슨 뜻일지 곰곰이 생각하고 있는데 안에서 목소리가 들렸다.

"빨리 들어오세요!"

들어가보는 것 외에는 다른 선택의 여지가 없었다. 안으로 들어가니 한 남자가 앉아 있었는데 실제 인간처럼 보였다. 스크린 위의 가상 인물처럼 보이지는 않았다. 그 남자가 자신을 소개했다.

"전 누구나파의 멘토입니다."

"안녕하세요? 저는⋯." 하고 말하는 순간 멘토가 말을 끊었다.

"잘 알고 있습니다. 바로 수업으로 들어가겠습니다. 누구나 노력하면 글을 잘 쓸 수 있다는 주장이 왜 잘못된 것인지 궁금하다는 것이지요?"

"그렇습니다. 사람들이 노력하면 다는 아니겠지만 글을 잘 쓸 수 있는 것 아닙니까? 만약 그렇지 않다면 이런 글쓰기 프로그램을 할 필요가 있을까요?"

멘토는 현민을 찬찬히 들여다보았다. 현민에게 예상보다 예리한 구석이 있음을 느끼고 재미있는 수업이 될 수 있겠다고 생각했다. 멘토가 목소리를 가다듬고 차분히 입을 열었다.

"한 가지를 물어보겠습니다. 모든 사람이 달리기를 하지 않나요? 당신도 100m 달리기를 해본 적이 있을 것이고요. 하지만 모든 사람이 달릴 수 있다고 해서 모두 달리기 선수가 될 수 있는 것은 아닙니다. 그렇지 않습니까?"

"물론 그렇지만, 달리기와 글쓰기는 다르다고 생각합니다. 달리기는 육체적 한계가 존재하지만 글쓰기는 정신적인 활동이기 때문에 육체적 한계와는 달리 한계가 뚜렷하다고 생각하지 않는데요. 가령 제가 아무리 연습해도 100m를 10초에 뛸 수는 없겠지만 글은 연습을 많이 하면 최고는 아니겠지만 잘 쓸 수 있다고 생각합니다."

"일리가 있어 보이지만 그런 잘못된 생각으로 인해 사람들이 글을 더 못 쓰게 됩니다. 저는 누구나파의 멘토입니다. 왜 그런 명칭이 붙었는가 하면, 누구나 연습하면 글을 잘 쓴다는 잘못된 생각을 바로잡는 사람이기 때문입니다."

"그건 명칭이고요. 명칭이 무슨 상관입니까? 주장의 내용이 문제지. 누구나 연습하면 글을 잘 쓸 수 있는 것 아닌가요?"

멘토는 고개를 숙이고 생각에 잠기는 듯 몇 걸음을 옮겼다. 잠시 후 현민에게 고개를 돌려 말을 이었다.

"그렇다면 자료를 보고 이야기합시다."

멘토가 말을 마치고 오른손을 들어 체크하는 모양의 손짓을 하니 투명 스크린이 내려왔다. 투명 스크린 위에는 다음과 같은 제목이 나타났다.

글쓰기에는 두 종류가 있다

멘토가 손가락으로 제목을 클릭하니 주위에 크고 작은 스크린들이 멘토 주위에 동그랗게 펼쳐졌다. 멘토가 원형으로 펼쳐진 자료 중 하나에 손을 대니 확대되면서 현민의 앞으로 튀어나왔다.

두 종류의
글쓰기

문학적 글과
실용적 글이 있다구요

요섭은 두리번거리며 사람들의 뒤통수를 지나 얼굴을 다시 돌아본다. 이쪽 통로에는 없는 것 같다. 그는 커튼을 젖히고 어둠속으로 들어선다. 화장실의 빈칸 표시등이 파랗게 반짝인다. 문을 밀고 들어섰다. 비행기의 굉음이 귓바퀴에 멍멍하게 가득 찬다. 거울 위에 피로한 초로의 얼굴이 떠 있다. 그는 손을 씻고 세수를 한다. 종이타월로 얼굴을 박박 문질러 닦고 맨손바닥으로 다시 얼굴을 쓸어내린다. 요섭이 문을 향하여 돌아서는데 갑자기 타인인 듯한 느낌이 들었다. 고개를 돌려 거울을 힐끗 본다. 형이 거기에 떠올라 있었다. 그는 쫓기듯이 문을 밀치고 나온다.

— 황석영, 《손님》, 창작과비평사, 2001, 37쪽

현민은 위에서 아래로 쭉 읽어보았다. 소설의 한 부분이었다. 현민은 글쓰기의 두 종류 중 하나가 소설일 것이라고 생각했다. 멘토의 목소리가 들려왔다.

"이 글의 특징이 무엇이라고 생각합니까?"

"글쎄요. 무슨 말인지 잘 모르겠군요. 그런데 앞에서 글쓰기에 두 종류가 있다고 했는데 이 소설이 그 중 하나인가요?"

"그렇다고 할 수 있지요. 하지만 문제는 이 글의 특징이 무엇인가 하는 것입니다. 힌트를 드리겠습니다. 다른 유형의 글쓰기의 예를 하나 더 보지요."

말을 마치고 멘토는 다른 자료들을 둘러보더니 그 중 하나에 손을 갖다 대었다. 그러자 그 자료가 현민의 앞으로 튀어나왔다.

오징어덮밥

재료 밥 4공기, 오징어 2마리(설탕 1/2큰술, 고추장 3큰술, 고춧가루 3큰술, 다진 마늘 1큰술, 간장 2큰술, 소금 1/2작은술, 깨소금 2작은술, 후춧가루 1/2작은술, 참기름 2작은술, 들기름 1작은술), 양파 1개, 대파 1개, 미나리 · 식용유 적당량

만들기

1. 오징어는 껍질을 벗겨 내장을 손질하고 안쪽에 칼집을 넣어 양념에 20분 정도 재운다.

2. 양파는 굵게 채썰고 대파는 어슷썬다.

3. 미나리는 5cm 길이로 썬다.

4. 양념한 오징어에 양파, 파를 넣고 버무린 후 기름을 넉넉히 두른 팬에 넣고 볶는다.

5. 오징어가 거의 익었을 때 미나리를 넣고 살짝 볶는다.

6. 따뜻한 밥 위에 얹어 낸다.

― 기초 요리 시리즈① 《모락모락 밥 한그릇》, 효성출판사, 2001, 41쪽

현민은 단숨에 읽어 내려갔다. 오징어덮밥을 만드는 방법을 가르쳐주는 단순한 요리법이었다. 이 매뉴얼이 앞의 소설과 어떻게 다른지 멘토가 질문을 할 것 같았다. 현민의 예상은 빗나가지 않았다.

"오징어덮밥 만드는 방법이 적힌 이 글은 앞의 소설과 어떻게 다르다고 생각하죠? 다시 말해서, 오징어덮밥 요리법을 말하는 이 글의 특징은 무엇일까요?"

"그거야 쉽지요. 요리법은 실제적인 목적이 있지 않습니까? 소설은 요리와 같은 실제적인 목적이라고는 말하기 어렵지요."

"비슷하군요. 글에는 크게 두 가지가 있습니다. 하나는 문학적 글이고 다른 하나는 실용적 글입니다. 소설은 물론 문학적 글이고 요리법은 실용적 글이지요."

"그것 참 이상하네요. 어떻게 글이 딱 두 종류로만 나뉘죠? 세상에 얼마나 많은 글들이 있는데요…."

"그 점은 앞으로 차차 이야기할 것입니다. 그보다 여기서는 왜 이런 구분을 하는지를 알아야 합니다."

"예. 그렇다면 글에는 두 가지 종류만 있다고 했을 때 그것과 글쓰기가 무슨 관련이 있나요?"

"앞서 누구나 노력을 한다 해도 글을 잘 쓸 수 있는 것은 아니라고 말했습니다. 설마 벌써 잊은 것은 아니겠지요? 아, 잊지 않았다고요. 다행입니다."

"본론을 말씀하시지요. 뜸 들이지 마시고."

"무안을 주는 것도 좋은 수업태도입니다. 본론은 이것입니다.

누구나 노력을 한다 해도 글을 잘 쓸 수 있는 것은 아니라고 할 때 여기에서 말하는 글이란 주로 문학적 글을 가리키는 것입니다. 다시 말해서, 노력을 하면 실용적 글쓰기는 잘할 수 있으나 문학적 글쓰기는 노력보다는 타고난 재능이 더 중요하다는 것입니다."

"그러니까 문학적 글쓰기는 노력보다는 재능이고 실용적 글쓰기는 노력으로도 잘 쓸 수 있다, 이런 말씀이신가요?"

"보기보다 이해력이 좋으시군요. 그렇습니다. 사실이 이러한데도 사람들은 노력하면 글을 잘 쓸 수 있다고 거짓 선전을 하고 있습니다. 게다가 더 심각한 문제는…."

멘토가 말을 끊고는 현민을 쳐다보았다. 진도가 너무 앞서 나가는 것이 아닌가 하는 표정이었다. 다시 말을 이었다.

"심각한 문제를 말하기 전에 복습을 해보겠습니다. 100m 달리기 이야기입니다. 누구나 달릴 수는 있지만 아무리 연습해도 누구나 선수가 되거나 10초에 달릴 수는 없습니다. 타고난 재능이 있어야지요. 글도 마찬가지입니다. 문학적 글쓰기는 재능 없이는 될 수 없습니다. 하지만 실망할 것은 전혀 없습니다. 우리가 필요한 것은 실용적 글쓰기니까요. 실용적 글쓰기는 노력하면 됩니다."

"이런 표현을 써도 될지 모르겠으나 선생님, 오늘 너무 공부 많이 한 것 같은데요. 집에 가면 안 될까요? 무슨 얘긴지 알겠습니다, 글쓰기에 두 종류가 있다는 것은. 하지만 심각한 문제는 내일 하면 안 될까요?"

"물론 됩니다. 이곳은 멘토 위주가 아니라 배우고자 하는 사람 위주입니다. 내일 다시 오시면 됩니다. 그럼 이만."

인사를 제대로 나눌 겨를도 없이 스크린이 올라가면서 멘토도 사라지고 주변의 온갖 자료들도 순식간에 사라졌다. 현민은 원래의 텅 빈 도서관으로 돌아와 있었다.

집으로 오는 길에 멘토의 수업이 이상하긴 하지만 재미있다는 생각을 하게 되었다. 사실 현민은 글쓰기 하면 막연히 문학을 떠올렸었다. 그리고 글 솜씨라는 것은 문장을 유려하게 막힘없이 쓰는 것을 말하는 것이며 그런 것들은 문학에 속한다고 생각했었다. 그런데 멘토는 문학적 글쓰기보다 실용적 글쓰기를 해야 한다고 했다. 또 문학적 글쓰기는 재능이 있어야 한다고 했는데, 자신에게는 그런 재능이 없다고 생각되니 내일 멘토에게 자세히 따져보기로 했다.

문학적 글쓰기와
실용적 글쓰기

소설책과 요리책도
구별 못할 줄 알구?

도서관에 들어서자마자 아무 말도 하지 않았는데 안내원도 없이 바로 어제의 누구나파의 멘토가 있는 방이 나타났다. 주변도 어제와 똑같아 보였다. 다른 점은 멘토가 웃음을 띠고 맞아준다는 것이었다.

"궁금증이 더한 표정이군요. 내가 먼저 말해보지요. 어제 더 심각한 문제가 있다고 했는데 그것은 이런 것입니다. 문학적 글쓰기와 실용적 글쓰기를 구분하지 않는다는 것이지요. 무슨 말인지 의아한 얼굴이군요."

"그럴 만도 하지 않습니까. 소설과 요리책을 누가 구분하지 못하나요? 어이가 없네요."

"그래요? 그럼 질문을 해보겠습니다."

멘토는 조금 비웃는 얼굴을 하고 현민을 힐끗 보았다. 그리고는 준비한 질문을 던졌다.

"이문열의 《삼국지》가 대학 입시 논술에 도움이 된다는 광고

를 본 적이 있지요?"

"예, 광고에도 많이 나왔습니다. 근데 그게 무슨 상관이 있나요?"

"《삼국지》는 소설이지요? 논술은 실용적 글쓰기의 대표적 형식인데 둘 사이에 무슨 관계가 있을까요? 소설을 많이 읽는다고 해서 요리책 쓰는 데 별로 도움이 되지 않습니다. 즉 소설을 읽으면 논술 하는 데 도움이 된다고 생각하는 것이 심각한 문제라는 것입니다."

소설을 읽어도 논술에는 도움이 되지 않는다니, 현민은 도무지 이해가 되지 않았다. 《삼국지》에 나타나는 많은 인물과 사건에 대해 알고 생각해보면 사고에도 도움이 되고 좋은 글을 많이 읽으니 쓰는 데도 도움이 될 것 같은데 아니라고 하니 그 이유가 궁금했다.

"왜 도움이 안 되나요? 딱 부러지게 답해주세요. 괜히 어려운 말로 현혹시키려 하지 마시고 명확하게 말씀해주세요."

"그래요. 바라던 바입니다. 소설은 묘사를 주로 하는 글쓰기인 반면 실용적 글쓰기는 자신의 주장을 주로 하는 글쓰기입니다. 묘사와 주장의 차이가 소설과 논술의 차이라고 할 수 있습니다. 아무리 묘사가 뛰어나도 묘사는 묘사일 뿐 딱 부러지는 주장은 없습니다. 하지만 논술에 묘사는 필요 없습니다. 자신의 주장을 관철할 근거와 논리가 필요할 뿐이지요."

"어렵네요. 딱 부러지기는 한데 묘사와 주장의 차이를 잘 모르겠습니다. 예를 들어 주세요."

"좋습니다. 먼저 묘사를 위주로 하는 소설을 보겠습니다."

멘토는 몸을 돌려 자료를 고르더니 손가락을 갖다 대었다. 현민의 앞으로 스크린이 튀어나왔는데 읽어보니 소설의 일부였다.

순간 허 성 씨는 속에서 뭔가 꿈틀하는 걸 느낀다. 이어 꿈틀한 것이 순식간에 그의 내부를 뿌듯하게 채우며 힘차게 몸부림친다. 이런 내부의 움직임이 마치 살아 있는 생생하고 억센 동물을 얇은 자루 속에 가둔 것처럼 허 성 씨의 온몸을 마음대로 뒤흔든다. 허 성 씨는 격렬한 노여움으로 주먹까지 부들부들 떤다. 그의 온몸이 얇은 자루가 되어 그의 내부에서 극성맞게 몸부림치는 노여움을 미처 감당하지 못한다.

― 박완서, 《휘청거리는 오후》, 세계사, 2003, 157쪽

"이런 글을 읽는다고 해서 도대체 실용적인 글쓰기에 무슨 도움이 되겠습니까? 묘사를 통해 인간의 감정이나 내면의 세계를 드러낼 수는 있겠지만, 근거를 바탕으로 자신의 주장을 내세우는 논술과 같은 글쓰기에는 전혀 도움이 되지 않습니다. 마치 아무리 축구를 잘 해도 탁구와는 전혀 관계가 없는 것과 비슷합니다. 같은 구기라는 공통점이야 있겠지만 말이죠."

잠시 침묵을 지키는 현민을 보더니 멘토는 자신 있는 목소리로 다른 자료를 제시하면서 말했다.

"소설과 달리 자신의 주장을 펼치는 실용적 글의 예를 하나 제시하겠습니다. 차이점이 분명히 드러날 것입니다."

과거의 청산이 무척 어렵고 사회적 비용이 많이 드는 일이라는 사실을 가장 잘 보여주는 것이 아마도 독일의 '탈나치화'일 것이다. 독일이 나치가 집권해서 사악한 일들을 저질렀던 과거를 깊이 반성하고 탈나치화 작업을 철저히 수행했다는 것은 널리 받아들여진 정설이다. 그러나 한나 아렌트가 지적했듯이, 1963년에 서독에서 활동했던 11,500명의 판사들 가운데 5,000명이 히틀러 정권 아래서 판사들로 활동했다.

— 복거일, 《죽은 자들을 위한 변호》, 들린아침, 2003, 148쪽

읽어보니 독일도 과거 청산이 힘들었다는 것을 판사의 수라는 근거를 통해 주장하는 글이었다. 현민은 두 글이 확연히 다르다는 생각을 했다. 《삼국지》의 유비의 갈등이나 조조의 지략을 알아봐야 논술에 무슨 도움이 될 것 같지는 않았다. 오히려 독일의

과거 청산에 관한 글이 도움이 되겠다는 생각이 들었다. 하지만 현민은 여기서 그냥 물러서고 싶지는 않았다.

"다르다는 것은 알겠습니다. 하지만 묘사나 주장 외의 글도 있지 않나요? 가령 수필이라든가 일기라든가 시라든가 하는 글은 반드시 묘사나 주장을 하고 있는 것은 아니지 않나요?"

"그럴까요? 실용적 글쓰기란 생활에 꼭 필요하다는 의미입니다. 그리고 사람은 살아가면서 자신의 의견이나 주장을 말이나 글로 나타내게 마련인데 수식이나 꾸밈 없이, 상징이나 은유에 의하지 않고 직접적으로 주장을 드러내는 방법 중 하나가 실용적 글쓰기입니다."

"일기는 어떤가요? 실용적 글쓰기인가요?"

"일기도 자신의 느낌이나 생각을 정리하는 경우가 많으므로 실용적 글쓰기라고 볼 수 있습니다. 물론 어떤 사건에 대한 묘사를 주로 하는 일기도 있겠지요. 하지만 그런 경우라도 묘사는 기록으로 남긴다든가 자신의 스트레스를 해소한다든가 하는 실용적인 목적으로 쓰인 것이라고 할 수 있습니다."

"그렇다면 창작을 목적으로 하지 않는 글은 다 실용적인 글이라는 말인가요?"

"빙고! 문학적 글은 예술 세계에 속하는 것입니다. 예술은 물론 창작의 세계죠. 따라서 수필이 어디에 속하는가는 그것이 예술이냐 아니냐에 달려 있습니다. 시도 마찬가지입니다."

"참 정의가 편리하시네요. 그렇다고 하더라도 한 가지 확인하고 싶은 게 있는데요."

"확인이라…. 뭐지요?"

"정말 문학적 글쓰기는 애써도 안 되나요? 많은 소설가나 시인이 말하기를 각고의 노력 끝에 좋은 작품을 남겼다고 하던데요."

"그런 경우도 있겠지요. 하지만 대가의 경우는 처음부터 남다른 것입니다. 황석영은 고등학생일 때 〈입석부근〉으로《사상계》의 신인문학상을 받았고, 또한 박완서는 40의 나이에 데뷔하였는데 그 전에 습작을 쓴 경험이 없다고 합니다."

"그런 경우는 예외적이겠지요. 일반화시킬 수는 없지 않나요?"

"물론 그렇습니다. 요점은 이것입니다. 예술가는 태어난다는 것입니다. 평범한 사람들은 예술을 보고 즐기면 되는 것이지요."

"그렇다면 글도 보고 즐기면 되지, 뭐하러 애써 씁니까?"

"그렇습니다. 작가가 되려고 하지 말고 문학은 즐기십시오. 또 문학은 애쓴다고 되지도 않습니다. 하지만 논술이나 보고서, 기획안 등을 쓰지 않고 살기는 어려운 시대입니다. 그런데 다행인 것은 이런 것들은 노력하면 잘 쓸 수 있다는 것입니다."

"오늘은 이만하고 싶습니다. 지치네요."

"그럼 선물을 드리지요. 오늘 수업 내용을 정리한 것입니다."

워드에서 잠깐

〈입석부근〉
1962년《사상계》의 소설 부문 당선작. 황석영이 경복고등학교 재학시절에 발표해《사상계》신인문학상을 수상했다.
죽음을 무릅쓰고 절벽을 등반하는 사람들의 고난 극복 의지와 구성원들의 헌신적인 우정을 그려냈다.

멘토가 뒤를 돌아 어떤 자료에 손가락을 대니 스크린 위의 자료가 복사되어 나왔다. A4 용지 한 장이었다. 현민은 손에 자료를 받아 들고 도서관을 나왔다. 집에 와 멘토가 준 자료를 펼쳐보니 다음과 같은 표가 있었다.

이것만은 **꼭!**

정 리 **0 1**

문학적 글쓰기	실용적 글쓰기
타고난 재능이 있어야 한다.	노력하면 된다.
소설, 시, 수필 등이 여기에 해당한다.	논술, 보고서, 기획안, 칼럼, 프레젠테이션 등이 여기에 속한다.
상징이나 은유 등 수사법을 사용한다.	상징이나 은유, 수식이나 꾸밈 없이 직접적으로 주장을 드러낸다.
소설의 경우 묘사를 주로 한다.	논술의 경우 자신의 주장을 주로 한다.
묘사를 통해 인간의 감정이나 내면의 세계를 드러낸다.	자신의 주장을 관철할 근거와 논리를 바탕으로 자신의 주장을 내세운다.
예술의 세계 창작을 목적으로 한다.	먹고살기 위해 쓴다. 남에게 자신의 주장을 설득하기 위해 쓴다.
매뉴얼이 없다.	매뉴얼이 있다.
문학적 글쓰기를 아무리 잘해도 실용적 글쓰기는 못할 수도 있다.	실용적 글쓰기를 아무리 잘해도 문학적 글쓰기는 못할 수도 있다.

위부터 아래로 쭉 훑어보니 오늘 배운 내용을 표로 정리한 것이었다. 처음부터 이 자료를 주었다면 편했을 것이라는 생각이 드니 괜히 멘토에게 짜증이 났다. 그런데 표를 보면서 한 가지 재미있는 점을 발견했다. 이 프로그램에서는 문학적 글쓰기는 다루지 않고 오로지 실용적 글쓰기만 다룬다는 것이었다. 이유가 적혀 있지 않았지만 실용적 글쓰기는 매뉴얼이 있는데 문학적 글쓰기는 매뉴얼이 없다는 것으로 짐작할 수는 있었다.

편하게 매뉴얼이 있는 실용적 글쓰기만 가르친다는 것이구나. 그래서 소설은 재능 없이는 쓰기 어렵다고 강조한 것이고. 그렇다면 소설 잘 쓰고 싶으면 이 도서관에 가면 안 되겠네. 이 도서관이 아니라 이 프로그램에 참여하면 안 되는 건가? 어쨌든 소설 같은 것은 아무리 읽어도 논술에는 거의 도움이 되지 않는다, 뭐 이런 말이군. 그 말이 사실일까? 현민은 침대에 벌렁 누웠다. 현민의 생각은 꼬리에 꼬리를 물고 있었다.

현민은 처음 아무 생각 없이 도서관에 갔었는데, 지금은 오히려 생각도 많아지고 선택을 해야만 하는 처지에 놓이게 되었다. 어차피 문학에는 소질도 없고 별 흥미도 없었지만 실용적 글쓰기만 배운다고 하니 뭔가 향기가 사라지는 기분이 들었다. 그리고 자신의 주장을 남에게 설득시키려는 목적으로 글을 쓴다면 글이 너무 삭막해지고 도구적이라는 생각이 들었다. 그리고 글은 남에게 자신의 주장을 설득시키는 것 이상의 무엇이 있지 않을까 하는 생각이 머릿속에 여전히 남아 있었다. 그때 멘토의 자신감 넘치는 태도와 분위기가 떠올랐다. 그리고 문득 이렇게 고민하고 있는 자신의 모습을 멘토가 알고 있을 것 같다는 생각이 들었다.

사실 현민은 《삼국지》를 아무리 읽어도 논술에는 도움이 되지 않는다는 단호한 주장에는 마음이 흔들렸었다. 그리고 관우, 장비의 이야기를 많이 알면 인격 수양에 도움이 될지는 몰라도 복거일의 글 같은 주장 위주의 글을 쓰는 데는 도움이 될 것 같지는 않다는 생각도 들었다. 나아가 사람의 미묘한 내면의 세계를 묘사하고 그 묘사를 읽고 영혼이 정화되는 것은 아마도 다른 용도에 유용할 것 같았다.

노력한다고 누구나 문학적인 글을 잘 쓰는 것은 아니지만, 실용적인 글은 노력하면 잘 쓸 수 있으며 매뉴얼도 있다는 멘토의 말을 믿어보기로 했다. 그리고 논술이나 보고서, 기획안을 잘 쓰고 프레젠테이션을 잘할 수 있다면 그 또한 좋은 일이라고 생각되었다. 그리하여 일단 문학을 버리고 실용적 글쓰기의 세계에 들어가 보기로 마음먹고 내일도 도서관에 가보기로 하고 현민은 잠자리에 들었다.

—3—

글쓰기와
말하기

말은 생명체와 같다 • 글은 논리
의 세계이다

글은 말하듯 쓰면 된다

멘토 만일 말소리를 그대로 문자로 옮겨 놓으면 어떨까요?

현민 내용은 전달할 수 있겠지만 음색, 목소리 떨림, 억양 등이 잘 전달되지 않아 오해가 있을 수도 있겠네요.

멘토 그렇다면 글 쓰는 것이 말하는 것보다 왜 어려울까요? 그것은 글이 논리의 세계이기 때문입니다. 글에 있어 같은 단어는 동일한 의미로 사용되어야 하며, 논리적 오류가 있어서도 안 됩니다.

멘토 이 프로그램은 주장을 위주로 하는 실용적 글쓰기에 초점을 맞추고 있으며, 이러한 글은 논리의 세계라는 것을 기억해야 합니다.

말은
생명체와 같다

벌써 다음 단계로
넘어가는 거야?

스크린에 안내원이 나타났다. 비록 스크린 속 가상의 존재였
지만 그래도 몇 번 보니 친근감이 들었다. 현민은 인사를 할까
하다가 다음에 하기로 하고 이야기를 꺼냈다.

"어제 수업을 계속하고 싶은데요."

"그건 곤란합니다."

"예? 곤란하다니요. 여기는 공공 도서관이고 찾아오는 사람에
게 맞춤 서비스를 한다고 하지 않았나요? 제가 어제 그 멘토에
게 물어볼 게 있어서 그런데 뭐가 문제인가요?"

"물론 문제는 없습니다. 어제 멘토께서 다음 단계로 넘어가라
고 말씀하셨습니다."

"뭐라고요? 별로 배운 것도 없는데 다음 단계라뇨? 그리고 멘
토가 그런 판단을 합니까?"

"그렇습니다. 그것은 멘토의 결정사항입니다. 다음 단계라고
해도 별것 아닙니다."

"뭔데요?"

"테스트에 6개의 질문이 있었지요? 이제 하나를 했으니 다른 5개 중 하나를 고르는 것입니다. 간단하죠? 아무거나 고르십시오."

"그래요? 그럼 순서대로 해보죠. 두 번째가 뭐였죠?"

"'말하듯이 글을 쓰면 된다' 입니다. 그것을 택하시겠습니까?"

"예. 어차피 어느 것을 결정해도 상식이 뒤집히겠죠."

"거의 철학자 수준의 말씀이시군요. 그럼 앞의 스크린에서 두 번째 항목을 손으로 눌러주십시오."

❶ 누구나 노력하면 글을 잘 쓸 수 있다

❷ 말하듯이 글을 쓰면 된다

❸ 많이 읽고 많이 써보면 글을 잘 쓸 수 있다

❹ 글은 서론, 본론, 결론으로 구성된다

❺ 글은 문장력이다

❻ 글쓰기의 궁극적 목표는 인격을 닦는 것이다

팔을 앞으로 뻗어 스크린을 건드리니 갑자기 다른 공간으로 빨려 들어갔다. 처음이 아니어서 별로 놀라지 않았으나 눈앞에 나타난 멘토가 '누구나파'의 멘토가 아니어서 조금은 의아했다. 새로운 멘토인가? 새로운 멘토는 인사도 없이 바로 질문을 던졌다.

"휴대폰을 사용하십니까?"

"그런데요. 왜요?"

"그럼 문자 메시지도 사용하겠군요."

"그럼요. 왜요?"

"음성으로 통화하는 것과 문자 메시지를 주고받는 것이 차이가 있습니까?"

"있죠. 문자가 싸죠. 그리고 직접 통화하면 빠르니까 편하죠."

"문자와 통화 중 어느 쪽이 자신의 의사나 감정을 나타내는 데 더 편리합니까?"

"직접 말하는 게 낫죠. 느낌이 오잖아요. 아무래도 문자는 느낌을 알기 어렵죠."

"그런 경험이 있었나요?"

"그럼요. 종종 있어요. 예를 들어 '기분이 안 좋아'와 같은 메시지를 받으면 억양을 모르기 때문에 애정이 있는 표현인지 아니면 직설적으로 실제 기분이 안 좋다는 것인지 분간하기 어려운 경우가 있죠. 근데 이런 것을 왜 물어보나요?"

"말과 글이 근본적으로 다르다는 것을 이야기하려고 합니다."

"아니, 뭐가 그렇게 근본적으로 다르죠? 표현하고자 하는 바를 나타내는 양식이 다른 것뿐 아닌가요? 같은 것을 말로 할 수도 있고 글로 쓸 수도 있는 것 아닌가요?"

"그렇지요. 하지만 말과 글은 표현양식에서뿐만 아니라 속성이 근본적으로 다르다는 것입니다."

"그래요? 뜸 들이지 마시고 얼른 말씀하시지요."

"그랬다면 미안합니다. 한마디로 말하지요. 글은 논리의 세계입니다. 반면에 말은 이성과 감성의 복합체입니다. 즉 글은 차가운 논리의 세계이고 말은 살아 움직이는 생물과 같다는 것입니다. 어려운가요?"

"어렵네요. 쉽게 예를 들어 줄 수는 없나요?"

"좋습니다. 배칠수가 백자연에게 사랑을 고백한다고 합시다. 그때 말로 한다고 하고 그 말을 그대로 글로 옮기면 다음과 같을 것입니다. 앞의 스크린을 보시지요."

멘토가 몸을 돌려 뒤에 있는 자료 중 하나를 선택하니 현민 앞에 스크린이 튀어나왔다.

자연아, 할 말이 있는데, 뭐냐면, 하 참, 말을 하려니 좀 쑥스럽네. 아이, 너도 알잖아. 모른다고? 나 너 좋아한다고. 야, 뭐라고 말 좀 해봐. 좋아하는 이유가 뭐냐고? 그냥 좋아하지 뭐. 다 좋아. 그걸 말로 해야 하니.

"어떻습니까? 적어놓으니 이상한가요?"

"이상하지는 않지만 좋아하는 마음을 고백하는 장면의 일부일 뿐 장면 전체가 드러나는 것은 아닌 것 같네요. 단지 말만 옮겨놓았으니까요. 얼굴 표정이나 몸짓, 목소리, 억양, 이런 것들이 글에는 나타나지 않잖아요."

"그렇습니다. 뿐만 아니라 음색이라든가 눈빛이라든가 눈썹의

떨림도 나타나지 않지요."

"그렇다면 말씀하고자 하는 것이 말이란 하는 사람과 듣는 사람의 머리와 몸 전체로 의사소통을 하는 것이라고 이해해도 되나요?"

"맞습니다. 말을 잘하지 못하는 사람도 제스처라든가 억양이라든가 얼굴의 생김새 등으로 성공적으로 의사소통을 하는 경우는 아주 흔합니다. 왜냐하면 사람들은 말을 하거나 들을 때 단순히 말만을 듣는 것은 아니니까요. 그 사람 전체를 스캔한다고 하면 되겠습니다."

"아하, 그래서 사기꾼이 통하겠군요. 그건 알겠습니다. 하지만 글이 논리의 세계라는 것은 아직 모르겠는데요."

"성급하시군요. 오늘은 여기까지 하고 내일 계속하겠습니다."

"뭐, 조금 아쉽기는 하지만 내일 다시 오겠습니다. 그런데 내일도 선생님한테 배우는 거죠?"

"하하하, 오늘 멘토가 바뀌어 그런 생각을 하시는군요. 이 도서관은 각 단계별 혹은 과목별로 멘토가 정해져 있습니다. 전공을 살리는 것이지요. 저는 글과 말에 대해 도움을 주는 멘토입니다. 그럼 이만."

작별 인사와 함께 현민은 순식간에 도서관의 빈 공간으로 돌아와 있었다.

현민은 도서관과 집을 왕복하는 것에 조금씩 싫증이 나기 시작했다. 이렇게 매일 도서관에 가서 멘토에게 강의 듣고 집에 와서 놀다가 또 가서 강의 듣고 하는 패턴이 지겹다는 생각이 들었다. 그래서 며칠 되지는 않았지만 슬슬 같은 패턴이 반복되는 것이 마음에 들지 않았다. 지금까지와는 다른 뭔가 특별한 경험이 있을 것 같았다. 그래서 내일은 재미있는 프로그램이 없냐고 물어보기로 했다. 그리고 글은 논리의 세계라는 말이 무슨 말인지도 꼭 물어보기로 마음먹고 잠자리에 들었다.

글은
논리의 세계이다

그래서 글을 쓰는 게
그렇게 어려웠었군.
근데 논리는 뭐야?

다음날 도서관에 들어서자마자 현민은 안내원에게 조금 퉁명스럽게 물었다.

"매일 이렇게 진행되나요? 다른 재미있는 프로그램은 없나요?"

"왜 없어!"

안내원은 예의는 사라지고 갑자기 장난기 가득한 목소리로 외쳤다. 현민은 자신도 모르게 웃음이 나왔다. 그리고 오늘은 무언가 신나는 일이 있을 것 같다고 생각했다. 안내원은 이내 평상시의 목소리로 말했다.

"아주 재미있는 프로그램이 있습니다. 하지만 오늘 공부한 후에 멘토가 직접 알려줄 것입니다. 그럼 즐거운 시간 되시기 바랍니다."

어느새 안내원은 사라지고 멘토가 나타났다. 오늘 수업이 끝난 후 멘토가 뭔가 보여준다는 생각을 하니 기대가 되었다. 그리고 글이 논리의 세계라는 것을 물어보려고 했지만 현민은 미처 물어보지 못했다. 왜냐하면 멘토가 현민의 마음을 알고 있다는 듯 먼저 말을 꺼냈기 때문이었다.

"오늘은 제가 먼저 물어보겠습니다. 여기 돌멩이가 하나 있습니다. 손 안에 있는 이 돌멩이를 위로 던졌는데 돌이 땅으로 떨어지지 않고 계속 위로 올라간다면 놀라겠지요?"

"당연하죠. 근데 왜 그런 당연한 걸 물어보시나요?"

"돌이 계속 위로 올라간다면 놀라긴 하겠지만 모순은 아닙니다. 다시 말해서, 중력법칙에는 어긋나겠지만 모순은 아니라는 겁니다. 지금까지 돌멩이는 모두 땅으로 떨어졌지만 하늘로 올라간다 해도 여전히 자연 현상의 하나일 뿐입니다."

"무슨 말인지 모르겠는데요. 모순이 뭐죠?"

"단순합니다. 'A이면서 동시에 A가 아니다'라고 하면 모순이 됩니다. 예를 들어, 이 돌멩이가 검은 색이면서 동시에 검은 색이 아니라고 말하면 모순이라는 겁니다."

"그렇다면 돌멩이가 떨어지면서 동시에 떨어지지 않는다고 말하면 모순이지만 돌멩이가 위로 올라갔다는 것은 모순이 아니라는 말씀이신가요?"

"맞습니다. 돌멩이가 위로 올라갔다는 것은 중력법칙에 심각한 위협이 되는 사례가 되겠지요. 그리고 돌멩이를 던지니 위로 올라가는 사례가 더 많이 발생하면 법칙도 바뀌겠지요."

현민은 약간 혼동되기 시작하였다. 그럼 자연에는 모순이 없는 것이네. 머릿속에 못이 들어 있어도 몇 년 동안 통증을 느끼지 못하고 살았다는 기사도 그냥 현상일 뿐이구나. 자연에는 우리가 발견한 법칙이 있을지는 모르지만 모순은 없다. 그런데 글은 다르다는 것이군. 글에는 모순이 있다는 것인가? 생각이 여기까지 미치자 멘토에게 물어보기로 했다.

"그럼 글에는 모순이 있다는 것인가요?"

"먼저 한 가지 더 물어보겠습니다. 무슨 글이든 쓰려고 할 때는 자세를 가다듬고 자신도 모르게 심호흡도 하고 허공도 쳐다보곤 합니다. 왜 그럴까요?"

"글쎄요. 글 쓰는 게 어려우니까 그런 것 아닐까요?"

"그렇다면 글 쓰는 게 왜 어려울까요?"

"글쎄요. 많이 써보지 않아서도 그렇고…. 어쨌든 어려워요."

"어렵다기보다 부자연스러운 것 아닐까요?"

현민은 이 말은 듣는 순간 머릿속이 명쾌하게 정리되는 느낌이었다. 그래, 바로 부자연스러움이야! 말하는 것은 자연스럽지만 글을 쓰는 것은 자연스러운 일이 아니지. 배우지 않아도 사실 말을 하잖아. 그것도 아주 잘하는 사람도 많지. 하지만 글은 다르지. 무엇을 배웠는지는 몰라도 무언가 배운 사람이 잘 쓰는 것 같아. 글은 앞뒤가 맞아야 한다는 말을 많이 들었던 기억이 나는군. 물론 말도 앞뒤가 맞아야 하지만 말은 흘러가기 때문에 별 상관이 없는 거야. 하지만 글은 다르며, 논리 정연해야 한다. 같은 단어는 동일한 의미로 사용되어야 하고 또한 논리적 오류가 있어서도 안 된다. 그래, 글은 부자연스러운 논리의 세계에 속한다.

논리가 아직 무엇인지 그리고 논리적 오류가 무엇인지 확실히 알 수는 없었지만 현민은 글이 말과는 다른 세계에 속하는 것 같다는 생각을 갖게 되었다. 그런데 논리의 세계는 자연의 세계와는 전혀 다른 세계이다. 논리의 세계에는 모순이 존재하며 일관성을 요구 받으며 감성이 아닌 이성이 주인이다. 어렴풋이 글이 논리의 세계라는 것을 머릿속에서 정리하는 순간 멘토가 미소를 띠며 다른 자료를 하나 제시하였다. 현민은 스크린 위의 글을 빠르게 읽어보았다.

나의 남덕군

빨리빨리 아고리의 두 팔에 안겨서 상냥하고 긴긴 입맞춤을 해주어요. 언제나(지금도) 상냥한 당신 일로 내 가슴은 가득차 있소. 하루빨리 기운을 차려

내가 좋아하고 좋아하는 발가락 군을 마음껏 어루만지도록 해주시오. 아! 나는 당신을 아침 가득히, 태양 가득히, 신록 가득히, 작품 가득히, 사랑하고 사랑하고 열애해 마지 않소. 나의 끝없이 귀여운 사람, 내 머리는 당신을 향한 사랑의 말로 가득차 있소. 다정하고 다정하게 받아 주시오. 내 최애의 어여쁘고 소중한 정다운 사람, 나의 둘도 없이 훌륭한 남덕군 ….

— 이중섭, 《이중섭, 편지와 그림들 1916-1956》, 다빈치, 2003, 66-67쪽

다 읽고 난 후 현민은 멘토를 쳐다보았다.

"이 글은 화가 이중섭이 아내에게 보낸 편지의 일부입니다. 이것도 글이지요. 하지만 논리의 세계의 글은 아닙니다. 오히려 자신의 감정을 아낌없이 드러내는 글입니다. 따라서 우리가 지금 말하고 있는 것과는 차이가 있습니다."

"그럼 이 글은 어디에 속하나요? 앞서 글은 문학적 글과 실용적 글로 나뉜다고 했는데, 어느 쪽입니까?"

"물론 문학은 아닙니다. 창작을 목적으로 하지 않았으니까요. 실용적 글에 속한다고 볼 수 있는데 주장을 내세우는 글이 아니라 자신의 감정을 있는 그대로 드러내는 글입니다."

"실용적 글쓰기에는 속하지만 멘토께서 초점을 맞추고 있는 주장 위주의 글은 아니다, 뭐 이런 말씀이신가요?"

"그렇습니다. 이 프로그램은 주장을 위주로 하는 글쓰기에 초

이중섭
한국의 대표적인 근대 화가. 일본 유학시절 〈자유미협전〉에서 '태양상'을 받아 천재성을 인정받았다. 그 후 일본 여성 야마모토 마사코와 결혼하여 귀국, 6.25 전쟁 시기에 생활고에 지친 아내와 두 아들은 일본으로 건너가고 예술에 대한 회의와 좌절로 정신분열증을 나타내다 사망한다. 위의 글에 나오는 남덕은 이중섭이 아내인 마사코에게 '따뜻한 남쪽 나라에서 온 덕이 많은 여자'라는 뜻으로 지어준 이름이다.

점을 맞추고 있으며 그런 글쓰기는 논리의 세계라는 것입니다."

현민은 멘토에게 논리적 글쓰기의 예를 하나 더 보여 달라고 주문했다. 이제 이 예를 보고 나서는 흥미로운 모험을 주문할 작정이었다. 멘토는 그런 것을 아는지 모르는지 기쁜 낯빛으로 논리적 글쓰기의 예를 보여주었다.

또한 시양리에서의 6·25는 계급이 갈등의 주요 변수가 아니라는 것을 명백히 보여준다. 계급은 좌우익이라는 이념의 경계를 그어주는 여러 요인 중의 하나일 뿐이었다. 물론 하부 남로당 당원들은 빈민층으로 구성되어 있었던 것으로 보이지만, 지방좌익 지도자들은 거의 모두 부유한 계층의 고학력 인텔리들이었다. 일제시기부터 쌓아온 개인적인 카리스마와 마을 내에서의 개인적 불화와 감정적 대립이 오히려 가장 강력하게 작동한 갈등 변수였다. 그래서 시양리에서 이데올로기는 마을사람들 간의 개인적 싸움, 가족간의 불화, 정치적 경쟁이 구체적으로 드러나는 수사적, 상징적 장치였다.

　　　　—윤택림, 《인류학자의 과거 여행: 한 빨갱이 마을의 역사를 찾아서》,
　　　　　　　　　　　　　　　　　　　　역사비평사, 2003, 192쪽

읽어보니 앞의 편지와는 확연히 구분되었다. 이 글에는 분명한 주장이 있고 그것은 저자 자신의 주장이었다. 현민은 멘토가 원하는 글쓰기 프로그램이 무엇인지 알 것 같았다. 멘토는 문학적 글쓰기가 아닌 자신의 주장을 펼치는 실용적 글쓰기에 대한 수업을 진행하고 있었던 것이다.

하지만 현민은 수업이 지루해졌다. 안내원의 말처럼 조금 더 재미있고 흥미진진하게 배우고 싶었다. 그래서 목소리를 가다듬고 물었다.

"한 가지 부탁이 있는데요. 과정이 좀 단조롭고 지루한데 더 재미있는 방법은 없습니까? 뭐, 기분 나빠 하시지는 말고요. 어쨌든 좀 더 현장감이 있고 살아 움직이는, 뭐 그런 방법 말입니다."

멘토가 씨익 웃더니 짤막하게 답했다.

"예상하고 있었습니다. 다 준비되어 있습니다. 보통 사람들이 이 정도 시간이 흐르면 뭔가 변화를 바라지요. 그런 걱정은 하지 않아도 됩니다. 말하는 듯 글을 써서는 안 된다는 것을 정리한 후 바로 출발하도록 하죠."

멘토가 등을 돌려 자료를 찾은 후 무엇인가를 누르니 자료가 복사되어 나왔다. 그는 출력된 자료를 현민에게 주면서 읽어보라고 했다.

	말	글
의사소통 수단	소리 · 몸짓 · 태도 · 억양 · 표정 · 침묵하기	오직 문자
~에 호소	감성 + 이성	주로 이성
특징	· 자연현상, 살아 움직이는 생물과 같다. · 말하는 것은 자연스럽다. 배우지 않아도 말할 수 있다. · 모순이 없다. · 말도 앞뒤가 맞아야 하지만 말은 흘러가기 때문에 별 상관이 없다.	· 차가운 논리의 세계다. · 글을 쓰는 것은 부자연스럽다. 무언가 배운 사람이 잘 쓴다. · 모순이 존재한다. · 글은 논리 정연해야 하고, 같은 단어는 동일한 의미로 사용되어야 하며, 일관성을 지녀야 한다.

말하듯 글을 쓸 수는 없다. 말과 글은 근본적으로 다르며,
말은 자연에, 글은 인간에 속한다.

정리된 표를 읽고 나서 고개를 들었더니 멘토가 현민에게 말했다.

"이제 새로운 세계로 갑시다. 좀 더 실감나는 온몸 교육을 받는 것입니다. 그리고 이런 경어도 이것으로 마지막입니다. 새로운 세계에서는 사제 간이 되므로 새로운 멘토는 반말을 할 것입니다. 그리고 당신은 멘토에게 존댓말을 써야 합니다. 이 점 명심하겠습니까?"

"그까이 거 뭐, 무슨 문제가 됩니까? 존댓말이든 반말이든 상관없습니다. 그런데 어떻게 한다는 건가요?"

"간단합니다. 제 손을 잡기만 하면 됩니다."

말과 동시에 멘토가 손을 내밀었다. 현민은 호기심 반 걱정 반의 마음으로 자신의 손을 뻗어 멘토의 손을 잡았다. 그 순간 갑자기 무엇인가 흔들리는 느낌이 강하게 전해졌다. 밝은 빛에 눈을 감았다 뜨니 이상한 방 안에 들어와 있었다. 정신을 차리고 보니 어떤 사람이 원고지 위에다 무엇인가를 열심히 쓰고 있었다. 그 사람은 현민의 존재를 모르는 것 같았다. 여기가 어디일지 생각하고 있는데 옆에서 인기척이 났다. 몸을 돌려보니 처음 보는 사람이 서 있었는데 직감적으로 새로운 멘토라는 생각이 들었다.

없다는 말도 있었다. 또 책은 없고 이상한 시스템만 있다는 이야기도 들렸다. 자세히는 모르겠으나 말이 도서관이지 모든 것을 가르쳐주는 학원 같은 곳이라는 소문도 있었다. 입장료는 무료이고 시간제한은 없다고 하는데 실제로 어떤 곳인지는 생긴 지 얼마 되지 않기 때문에 가본 사람이 많지 않아 정확하는 알 수 없었다. 들리는 말로는 기적의 도서관에는 종이로 된 책은 한 권도 없다고 했다. 그리고 관리하는 사람이 한 명도 없는데 신기하게도 모든 책을 읽을 수 있다는 말도 있었다.

—4—

좋은문장은
좋은글인가?

글쓰기의 교본: 이태준의 《문장강
화》・글은 문장력이 아니다: 배상
복의 《문장기술》・글쓰기에 대한
잘못된 조언: 서울대학교 글쓰기
교실

글은 문장력이다

현민 이태준의 《문장강화》와 같은 글을 읽으면 논술에 도움이 되나요?

멘토 이태준의 《문장강화》의 논설문 부분을 살펴보면 '공명정대할 것', '논리정연하여 공리공론이 없을 것' 등을 이야기하고 있지만 실제 글쓰기에는 도움이 되지 않습니다.

멘토 더욱이 문제는 《문장강화》, 《문장기술》과 같은 책들이 실용적 글쓰기에 대한 개념조차 없이 문학적 글쓰기에 치중하여 문장력만을 강조하고 있다는 것입니다. 글은 하나의 구조물이므로 아무리 문장을 잘 다듬어도 글을 잘 쓸 수는 없습니다.

멘토 심지어 서울대학교 교수학습센터에서 말하고 있는 '글쓰기를 위한 조언' 코너에서도 글쓰기에 대해 잘못 이해하고 있습니다.

글쓰기의 교본,
이태준의 《문장강화》

"오늘은 앞서 테스트에 나왔던 다섯 번째 항목에 대해 배우도록 하겠다. 다섯 번째 항목이 무엇인지 기억하고 있나?"

새 멘토가 현민을 향해 말했다.

"글쎄요. 잘 모르겠습니다. 접때처럼 그냥 항목 전체를 보여주시지요."

현민은 퉁명스럽게 대답했다.

멘토는 허허 웃으며 "알았다."고 대답하고선 이내 해당 화면을 보여주었다.

다섯 번째 항목은 '글은 문장력이다'였다.

방 안에서 원고에 몰두하고 있는 사람은 우리의 존재를 전혀 모르는 것 같았다. 멘토가 말을 꺼냈다.

"별로 놀라지 않는군. 영화에서 이런 장면을 많이 본 모양이지?"

현민은 멘토가 반말을 하는 것이 조금 낯설었지만 이미 얘기

❶ 누구나 노력하면 글을 잘 쓸 수 있다

❷ 말하듯이 글을 쓰면 된다

❸ 많이 읽고 많이 써보면 글을 잘 쓸 수 있다

❹ 글은 서론, 본론, 결론으로 구성된다

❺ 글은 문장력이다

❻ 글쓰기의 궁극적 목표는 인격을 닦는 것이다

를 들은 바 있기에 거부감은 없었다. 멘토에게 존댓말을 써야 한다는 것을 다시 떠올렸다.

"예, 그렇습니다. 그래도 막상 일어나니 조금은 놀랐습니다. 재미있기도 하고요. 근데 여기는 어디이며 어느 시대입니까? 현대는 아닌 것 같은데요."

"지금은 1940년이고 열심히 원고를 다듬고 있는 저 사람은 이태준이라고 한다. 이태준이라고 아는가? 잘 모르겠지."

"그렇습니다. 잘 모르겠는데요."

"그래, 인터넷에서 검색해보면 금방 알 수 있을 거야. 어쨌든 이태준은 문장가로 유명하지. 즉 문장을 아주 잘 쓰는 것으로 유명하단 말이야. 지금 다듬고 있는 원고도 《문장강화》라는 유명한 책의 원고야. 《문장강화》라고 들어봤나?"

"제가 무식하다는 걸 인정하겠습니다. 처음 들어봅니다. 무엇에 관한 책인가요?"

"무식하다는 걸 인정하는 것을 보니 희망이 보이는군. 그건 그렇고.《문장강화》는 한마디로 글을 어떻게 써야 하는지에 관한 문제를 다룬 책이지. 꽤 유명해서 1940년에 처음 나왔는데 2005년까지 출간이 되고 있지. 그리고 많은 사람들이 이 책을 글쓰기의 교본으로 삼고 있다."

"그런데 무슨 말씀을 하시려고 저를 이곳으로 데려오셨나요?《문장강화》와 같은 글쓰기를 하라, 그런 말씀이신가요?"

"전혀 아니야. 오히려 그 반대야.《문장강화》와 같은 글쓰기는 하지 말라는 것이야."

"왜요? 유명한 책이라면서요? 무슨 문제가 있나요?"

"크게 두 가지가 있다. 하나는 문학적 글쓰기에 치중한다는 것이고, 다른 하나는 문장력을 지나치게 강조한다는 것이다. 무슨 말인지 모르겠지?"

"예."

잠깐

이태준
1904년 강원도 철원에서 태어났다.《시대일보》에〈오몽녀〉를 발표하면서 문단에 등단했다. 구인회에 가담했고, 이화여전강사, 조선중앙일보 학예부장 등을 역임했으며, 조선문학가동맹에서 활약하다 광복 후 월북했다. 호는 상허, 상허람 주인이고, 작품에는〈가마귀〉〈달밤〉〈복덕방〉〈해방전후〉등이 있으며, 문장론《문장강화》가 있다.

현민은 통명스럽게 답했다. 현민은 그 책을 읽어보지도 못했는데 자신을 무시하는 것 같아 조금은 화가 났다. 한편으로는 문학적 글쓰기가 주로 다루어졌다면 실용적 글쓰기를 배우는 자신에게는 별 도움이 되지 않을 것이라고 생각했다. 멘토는 현민의 이런 못마땅한 표정을 읽었는지 재빠르게 말을 이었다.

| 실용적 글쓰기에 대한 구체적인 방법이 없다 |

"불만이 많은 모양이군. 그럼 예를 들어보겠다. 저기 쌓여 있는 원고 더미에서 내가 재미있는 것을 찾아주겠다."

멘토는 원고를 뒤적이더니 현민 앞에 내밀었다.

문화 만반에 시사 일체에 어느 한 문제를 가지고 자기의 의견을 진술하고 주장하고 공명을 일으켜서, 민중이 감정적으로 의지적으로 자기를 따르게 하는 것이 논술이다. 논설문은 혼자 즐기려 쓰는 글은 아니다. 언제든지 민중을 독자로 한다. 대세를 자극해 여론의 선봉이 될 것을 이상으로 한다. 그러므로 논설문은,

(1) 공명정대할 것,

(2) 열의가 있어, 먼저 감정적으로 움직여 놓을 것,

(3) 확실한 실례를 들어 의심을 살 여지없이 신뢰를 받을 것,

(4) 논리정연 하여 공리공론이 없고 중언부언이 없을 것,

(5) 엄연미(嚴然美)가 있을 것이다.

현민은 찬찬히 읽어보았으나 별 이상한 점을 발견할 수는 없었다. 뭐가 문제인지 몰라 고개를 갸우뚱거리며 멘토를 쳐다보았다.

"다 좋은 말인데요. 뭐가 잘못되었나요?"

"그래, 모르겠단 말이지. 그럼 내가 물어보겠다. 준비됐느냐?"

현민은 준비되었느냐는 말에 기분이 좋지는 않았지만 우선 들

어보기로 했다.

"예."

"앞에 보여준 원고는 논설문을 쓰는 요령의 일부이다. 논설문은 소설이나 시와는 달리 실용적인 글의 대표라 할 수 있다. 그렇다면 독자들에게 논설문을 쓰는 구체적인 방법을 알려주어야 할 것이다. 그렇지?"

"예. 그런데요?"

"우선 공명정대하다는 것이 무슨 말인가? 그리고 논리 정연하다는 것은 또 무슨 말인가? 이런 질문에 답하는 것은 매우 어렵다. 게다가 엄연미까지 요구하다니…. 준비 없이 이런 질문에 답할 수 있겠느냐?"

"그렇긴 한데요. 맞는 말이잖아요? 논설문이 공명정대하고 논리 정연해야 하고 중언부언하지 말고 확실한 사례를 들어야 한다는 것은 맞다고 보는데요."

"아직 이해를 못했구나. 네 말대로 그 내용이 다 맞다고 치자. 과연 그것이 논설문을 쓰는 데 도움이 된다고 생각하느냐? 예를 들어, 자동차를 어떻게 운전하느냐고 묻는다고 하자. 이럴 때 안전하게 해야 한다, 상황에 맞춰 잘 판단해야 한다, 신호를 잘 지켜야 한다, 보행자를 먼저 배려해야 한다와 같은 것을 답으로 제시한다면 만족할 수 있겠느냐? 다 맞는 말이지만 실제로는 아무런 도움도 되지 않는 것이다. 그럼에도 이런 식의 문장작법이 지금까지 통용되고 있다는 것은 개탄할 일이다."

멘토는 말을 마치자 한숨을 내쉬더니 현민을 보면서 이렇게 말했다.

"아예 책 속으로 들어가 보자. 더 재미있을 것이다."

멘토가 싱긋 웃고 뭐라 중얼거리니 두 사람은 이태준이 쓰고 있는 원고 속으로 빨려 들어갔다.

| 잘못된 글쓰기 교육 : 《문장강화》 속으로 |

현민이 두리번거리는데 멘토가 툭 치면서 말했다.

"여기는 완성된 책 속이야. 책 속을 지나면서 샅샅이 구경할 수 있지. 읽지 않아도 돼. 이미 책 속에 들어와 있으니까 지나가기만 하면 된다. 자, 출발해볼까?"

제일 먼저 두 사람 앞에 '제1강'이라는 문이 나타났다. 손을 대니 문이 열리면서 '문장작법의 새 의의'라는 간판이 보였고 현민은 계속 걸어 들어가며 구경을 했다. 마지막 문은 '제9강'이었고 '문장의 고전과 현대'라는 간판이 걸려 있었다. 시간이 얼마나 지났는지 알 수는 없었으나 모든 구경을 마치자 책 밖으로 나올 수 있었다.

현민이 이것이 무슨 수업인지 의아해하고 있는데 멘토가 나타나더니 종이를 한 장 주었다. 책의 목차가 적혀 있었다.

현민은 참으로 많은 내용을 살펴보고 나온 것에 대하여 조금 놀랐다. 그리고 자료를 정리해주는 것으로 보아 멘토가 질문을 할 것 같았다. 아니나 다를까 멘토가 말을 꺼냈다.

"머리가 복잡하지? 공부 많이 했을 거야. 질문할 것이라 예상하겠지만 아니야. 분석을 같이 해보자. 자, 보자고. 5강의 퇴고부터 6강의 제재 등은 교열이라고 봐야 되지 않겠나. 맞춤법과 아울러 적합한 표현을 찾는 것이니까. 그리고 7강의 대상과 표현이나 8강의 문체는 문학적 글쓰기에 속하겠지. 어떻게 대상을 묘사하고 표현하느냐의 문제이니까. 이해하나?"

"그런 것 같습니다. 앞에서 문학적 글쓰기의 특징은 묘사라고 배웠습니다."

"그렇군. 좋아. 그럼 다른 것들은 어떤가? 2강 문장과 언어는 언어 일반에 관한 내용이라고 볼 수도 있으나 사실은 의성어, 의

태어 등으로 알 수 있듯이 어휘에 관한 것이지. 아무리 후하게 말해도 문학적 표현을 잘하는 방법이라고 할 수 있지. 그리고 9강은 사례를 모은 것뿐이고."

"그럼 4강은 어떻습니까? 그래도 4강은 일기, 서간문, 기행문, 추도문, 식사문, 논설문 등 실용적 글쓰기에 대해 말하고 있지 않습니까?"

"당연하지. 하지만 앞에서 말한 논설문을 생각해봐라. 어떤 구체적인 것도 없지 않았느냐. 따라서 아직 실용적 글쓰기에 대한 개념이 없다고 봐야 한다. 문학적 글쓰기에 대부분을 할애하면서 실용적 글쓰기는 구색으로 배치해놓은 것 같다는 말이지."

"그럼 50년 이상의 글쓰기 교육이 잘못되었다는 말씀이신가

요?"

"당연하지. 실용적 글쓰기에 대한 개념조차 없이 주로 문학적 글쓰기가 대세를 이루어왔다. 이런 흐름은 지금까지 이어져서 아직도 글쓰기 책의 상당 부분은 문장교열에 관한 것이다."

"지금도요? 하긴 그렇기도 한 것 같지만…. 그런데 그게 어떻다는 거죠?"

"슬슬 반말 비슷하게 돼가는구나. 경고! 그건 그렇고 지금도 그렇다는 증거를 보여주지. 다시 책 속으로 들어가 보자."

글은 문장력이 아니다
배상복의 《문장기술》

문장력이 아니면
뭐란 말이야?

    멘토는 현민의 손을 잡고 주문을 외웠다. 현민은 순간 책 모양의 커다란 문 앞에 서 있었다. 문 위에는 《문장기술》(배상복. 랜덤하우스중앙. 2004)이라고 적혀 있었다. 멘토는 문을 열고 현민의 손을 잡고 안으로 들어갔다.

    현민은 멘토를 따라 책 속을 걸었다. 한참을 걸어 다니는 동안 수많은 내용이 스쳐 지나가면서 머릿속에 입력이 되었다. 1부는 문장의 십계명이고 2부는 우리말 칼럼인데 글쓰기가 결국은 문장력이라는 것을 보여주고 있었다. 멘토가 책을 나온 후 말했다.

    "프롤로그에 이런 말이 나온다."

    그리고는 암송한 것처럼 낭송을 시작했다.

남들보다 글을 잘 쓰느냐 못 쓰느냐는 결국 문장력에서 판가름 난다. 문장력 있는 사람의 글을 보면 처음부터 끝까지 물 흐르듯 부드럽게 굴러가고, 읽는 사람이 전혀 불편함을 느끼지 못하는 가운데 전하고자 하는 메시지가 쏙쏙

좋은 문장은 좋은 글인가?

와 닿는다. 읽은 뒤의 여운도 좋다. ....

....

문장력이란 결국 자신이 하고자 하는 얘기를 명확하게 전달할 수 있고, 읽는
이가 어떤 사람이든 특별한 노력을 기울이지 않고도 끝까지 읽어 내려갈 수
있게끔 문장을 구성하는 능력을 말한다. (10쪽)

낭송을 마치고 멘토가 나지막한 목소리로 물었다.

"이런 주장에 대해 어떻게 생각하느냐? 맞는 말이냐?"

"맞는 말 아닌가요? 글이라는 것이 결국 문장으로 이루어지니
까 문장을 잘 써야 한다. 뭐 이런 말 아닌가요. 그게 뭐가 문젠가
요?"

"캬, 아직도 감을 못 잡았구나. 그럼 내가 물어보겠다."

이번에는 이상한 질문을 할 것 같았다. 그리고 이번 멘토는
말투도 그렇고, 지난번 멘토와는 달리 조금 괴짜라는 생각이 들
었다.

"자장면은 결국 밀가루와 장으로 만들지 않느냐. 그렇다면 자
장면을 맛있게 만드는 방법은 결국 좋은 밀가루와 좋은 장을 확
보하는 것이겠구나. 그러하냐?"

"그렇지요. 좋은 재료가 있어야 맛있는 자장면이 되겠지요."

"그럼, 두 사람이 똑같이 좋은 재료가 있다면 똑같은 자장면
맛을 내느냐?"

"아니지요. 그거야 같은 재료라도 주방장 솜씨에 따라 다르지
않겠습니까. 당연한 얘기 같은데요."

"바로 그거야! 글이란 문장으로 이루어지지만 문장이 좋다고 해서 좋은 글이 되는 것이 아니다. 문제는 문장과 문장의 관계가 어떤가에 달려 있지. 무슨 말인지 알겠느냐?"

"어려운데요. 문장과 문장의 관계가 무엇입니까?"

"문장과 문장이 필자가 의도한 바를 나타낼 수 있도록 잘 배치되고 조직되어야 한다는 것이지. 예를 들어, 논리적이어야 한다는 것도 그 중 하나가 되겠고. 어쨌든 한꺼번에 다 알려고 하지 말고 단계적으로 배워가도록 하자."

"그러니까 재료가 아무리 좋아도 재료를 어떤 순서로 요리하고 어떻게 요리하느냐에 따라 맛이 결정된다는 것이지요?"

"좋아. 잘 알아들었구나. 한 가지만 더 해보자. 이해력이 생각보다 좋군."

현민은 자존심이 조금 상했지만 그래도 얘기를 듣고 보면서 배우는 게 있는 것 같아 신경 쓰지 않기로 하고 멘토의 말에 귀를 기울였다.

| 구슬이 서 말이라도 꿰어야 보배 |

"글쓰기가 결국 문장력이라는 주장은 문장들 간의 관계가 아니라 문장 각각에 대해 더 집중하게 마련이다. 무슨 말인고 하면, 재료 각각에 관심을 더 갖는다는 것이지. 조리의 순서라든가 조리의 방법에는 별 관심을 기울이지 않고 말이다."

"예를 들어 말씀해주시면 안 될까요? 책의 어떤 면이 그런지 알고 싶습니다."

"좋지. 그럼 문장의 십계명을 기억하느냐? 기억할 리가 없지. 여기에 그 십계명이 있다. 한번 봐라."

현민은 멘토가 내민 십계명을 보았다.

1. 간단명료하게 작성하라.
2. 중복을 피하라.
3. 호응이 중요하다.
4. 피동형으로 만들지 마라.
5. 단어의 위치에 신경 써라.
6. 적확한 단어를 선택하라.
7. 단어와 구절을 대등하게 나열하라.
8. 띄어쓰기를 철저히 하라.
9. 어려운 한자어는 쉬운 말로 바꿔라.
10. 외래어 표기의 일반원칙을 알라.

현민의 생각에는 모두 중요하고 맞는 말 같았다. 하지만 분명 시비를 걸 생각으로 어떻게 생각하느냐고 물을 것 같았다. 그래서 이번엔 먼저 입을 열었다.

"좋은 말들이지만 이 계명들은 문장 하나하나에만 적용될 뿐이지 문장들의 조직이나 문장들 간의 관계에 대해서는 아무것도 말하고 있지 않다. 이런 말씀을 하고 싶으신 거죠?"

"기특하다. 어떻게 알았느냐?"

"조금 전에 말씀하셨잖아요. 그런데요, 실제 내용은 아직 잘 모르겠습니다."

"그래? 그렇다면 21쪽에 나오는 첫 번째 예를 보자."

한국 축구의 월드컵 4강 신화는 우리 자신은 물론이거니와 전 세계를 놀라게 한 쾌거라 하지 않을 수 없다.

'~이거니와' '~라 하지 않을 수 없다'는 군더더기 표현이 쓸데없이 문장을 늘어뜨린다.

한국 축구의 월드컵 4강 신화는 우리 자신은 물론 전 세계를 놀라게 한 쾌거다.

"무슨 말인지 알겠느냐? 군더더기 없이 간단명료하게 쓰라는 거야. 물론 그렇지. 하지만 글은 이 문장 하나만으로는 되질 않아. 문장과 문장을 연결해야 하고 어떤 관계로 연결하느냐가 더 중요하지. 아무리 구슬 하나하나가 좋으면 뭐 하겠느냐. 구슬이 서 말이라도 꿰어야 보배라는 말도 있지 않느냐. 구슬 하나하나를 아무리 잘 닦아도 꿰지 않으면 아무 소용이 없지."

"그럼 선생님이 보시기에 《문장기술》 같은 책은 글쓰기에 도

문장과 문장을 어떻게 연결하느냐가 더 좋요해.

문장을 하나하나 다듬는 건 다음 문제란 말씀이죠?

움이 안 되나요?"

"꼭 그렇지는 않아. 구슬을 다 꿴 다음에는 구슬 하나하나를 정성 들여 잘 닦는 게 필요하지 않겠느냐. 즉 교열을 보고 문장을 다듬는 데 도움이 된다는 얘기다."

"잘 알겠습니다."

"그렇다면 내가 문제를 하나 내마."

멘토는 얼굴에 장난기를 머금으며 약간 자세를 낮추면서 말했다.

"조금 전에 나온 예에서 뭔가 잘못된 표현이 있는데 뭔지 알겠느냐?"

"글쎄요. 뭡니까? 힌트 없습니까?"

"힌트? 좋아. 쓸데없는 말이 들어간 것이다."

"쓸데없는 말이라고요?"

현민은 잠시 생각에 잠겼다. '~이거니와' '~라 하지 않을 수 없다'가 쓸데없이 문장을 늘어뜨리니까 간명하게 쓰라는 예였는데 뭐가 쓸데없는 말이라는 것인지 알 수가 없었다. 그래서 현민은 자세히 살펴볼 수 있도록 그 예를 복사해 달라고 했다. 물론 멘토는 즉시 복사해 주었다.

한국 축구의 월드컵 4강 신화는 우리 자신은 물론이거니와 전 세계를 놀라게 한 쾌거라 하지 않을 수 없다.

'~이거니와' '~라 하지 않을 수 없다'는 군더더기 표현이 쓸데없이 문장을 늘어뜨린다.

한국 축구의 월드컵 4강 신화는 우리 자신은 물론 전 세계를 놀라게 한 쾌거다.

하지만 자세히 읽어보아도 잘못된 표현을 찾을 수는 없었다.
"모르겠습니다. 뭐가 쓸데없는 말인가요?"
"잘 보아라. 이런 표현이 있지."

'~이거니와' '~라 하지 않을 수 없다'는 군더더기 표현이 쓸데없이 문장을 늘어뜨린다.

"그런데 '군더더기'란 말은 '쓸데없이 덧붙는 것'이라는 뜻이다. 따라서 이렇게 되겠지."

'~이거니와' '~라 하지 않을 수 없다'는 쓸데없이 덧붙이는 표현이 쓸데없
이 문장을 늘어뜨린다.

"자, 어떠냐? 정말 쓸데없는 말이 들어갔지 않느냐."

"'역전 앞'과 같은 경우라는 것이군요. 하지만 강조의 의미로
볼 수 있지 않을까요?"

"그렇다면 '~이거니와', '~라 하지 않을 수 없다'도 강조로
볼 수 있지 않겠느냐. 왜 안 되겠느냐. 하하."

멘토는 기분이 좋은 모양이었다. 현민을 놀리는 게 재밌는 양
웃음을 터뜨렸다. 현민은 기분이 좋지는 않았지만 그렇다고 불
쾌한 것도 아니었다. 그런 기분을 아는지 멘토가 마무리를 했다.

"요점은 이런 문장교열은 글쓰기의 마지막 단계라는 것이고
글의 구조와는 관계가 없다는 것이다. 아무리 문장을 잘 다
듬어도 글을 잘 쓸 수는 없다. 글은 하나의 구조이다. 문
장은 문장들 간의 관계에서만 그 의의가 있다. 자세한 것
은 다음에 일러주겠다."

자세한 것은 다음에 일러주겠다는 말에 현민은 조금 서운했지
만, 머리가 아파서 다음에 배우는 것도 괜찮다고 생각했다. 이때
멘토가 이런 제안을 했다.

"그럼 이번에는 사이트 속으로 들어가 보겠느냐? 인터넷 사이
트 안으로 들어가기만 해도 그 사이트 안의 지식은 모두 네 것이

될 거야. 어떠냐?"

"나쁠 것 없습니다. 근데 무슨 사이트로 갑니까? 물론 글쓰기 사이트겠죠?"

"그렇지. 그럼 엽기 사이트라도 갈 줄 알았느냐? 그럼 가보자."

글쓰기에 대한 잘못된 조언
서울대학교 글쓰기교실

여기는 또 뭐가
잘못이라는 거야?

현민은 멘토의 손을 잡고 바람처럼 연기처럼 순식간에 어느 사이트 속으로 들어갔다.

'앗! 여기는 어디지? 참, 글쓰기에 관한 사이트라고 했지. 잘 보자. 오호, 여기에 이름이 있군. 서울대학교 글쓰기교실이라. 그런데 뭘 보라고 여기에 온 것일까?'

현민은 아무 말 없이 서 있는 멘토를 쳐다보았다. 그는 현민의 마음을 다 읽었다는 듯이 말했다.

"여기는 서울대학교 교수학습개발센터의 글쓰기교실이다. 서울대학교는 알겠지? 한국에서 제일 좋은 대학이라니 이곳에서 운영하는 글쓰기교실은 뭔가 달라도 다르지 않겠느냐. 여러 방이 있는데 우선 '글쓰기 길잡이' 중의 '글쓰기를 위한 조언' 코너에 들어가 보자. 우리가 지금 하고 있는 것과 딱 들어맞는 것 같다."

"어떻게 들어갑니까?"

"아직도 모르겠느냐. 앞에 글쓰기교실 메인 화면이 보이지? '글쓰기 길잡이'를 클릭하면 메뉴가 뜨고, 메뉴 중 첫 번째인 '글쓰기를 위한 조언'이라고 보이지? 그걸 가볍게 누르면 된다."

현민이 메뉴에 손을 대자마자 바로 그 코너로 들어갈 수 있었는데, 첫 번째 방이 '글쓰기의 장애 요인'이라고 되어 있었다. 멘토가 다시 그곳으로 들어가라는 눈짓을 보냈다. 현민이 방 제목에 손을 대자 순식간에 방에 들어가 있었다.

현민은 방 안을 쭉 둘러보았다. 천장에는 '글쓰기의 장애 요인, 어떻게 극복할 것인가?'라는 제목이 새겨져 있고 다각형의 벽면에는 아래와 같은 소제목들이 새겨져 있었다.

1) 매일 적어도 몇 줄씩 자기 생각을 글로 써보자.

2) 내가 잘못 쓰고 있지 않은가 하는 불안감을 떨치자.

3) 가장 쉬운 부분부터 쓰기 시작하자.

4) 좋은 글을 분석해 보는 습관을 들이자.

5) 가상의 독자를 염두에 두고 글을 쓰자.

6) 글의 주제에 관해 친구에게 미리 이야기해보자.

7) 다른 사람의 경험에서 배우자.

8) 너무 규범에 얽매이지 말고 자유롭게 써보자.

9) 초고가 완성되면 자기 글을 처음부터 끝까지 정독해보자.

10) 자신의 글을 다른 사람에게 읽혀보자.

11) 글의 소재나 주제가 자신의 삶과 어떤 관련이 있는지 생각해보자.

12) 글을 쓰기 힘든 이유가 무엇인지 하나씩 스스로 따져보자.

현민이 쭉 훑어보고 나자 멘토가 물었다.

"이게 서울대 글쓰기교실이 제안하는 글쓰기 장애 요인 극복 요령이다. 어떠냐? 글쓰기에 어려움을 겪고 있는 너 같은 사람들에게 도움이 되겠느냐?"

"글쎄요. 그런데 선생님께서는 이 극복 요령을 조금 비웃는 분위기 같습니다. 그렇습니까?"

"어허, 많이 컸구나. 그렇지. 그런 마음이 있지. 비웃는 것까지는 아니지만 조금 기가 막힌다고 해야 할까."

"그래도 서울대라는 최고 대학의 이름을 걸고 하는 것인데 좀 너무하지 않습니까?"

"그래? 이름보다는 내용이 문제겠지. 그런지 아닌지 내용을 한번 검토해보자."

현민은 아무리 멘토라고 해도 너무 우쭐대는 것이 아닐까 하는 생각이 들었다. 서울대에서 제안하는 내용인데 너무 하찮다고 하니 왠지 기분이 좋지는 않았지만, 일단 배우는 마음으로 멘토의 말을 들어보기로 했다.

| 좋은 글이란 무엇인가 |

"뭔 생각을 그리 골똘히 하느냐. 우선 4번째 요령을 보자. '좋은 글을 분석해 보는 습관을 들이자.' 좋은 말이지. 논지의 전개

과정 등을 분석해보면 좋다는 말 아니냐?"

"그렇습니다. 무슨 문제가 있습니까? 좋은 글을 분석해보면 글 쓰는 데 도움이 된다는 것은 상식이지 않습니까?"

"그렇기도 하지. 하지만 좋은 글을 분석하려면 어떤 글이 좋은 글인 줄 알아야 하지 않겠느냐. 좋은 글을 가려낼 수 있다는 것은 좋은 글의 기준을 알고 있다는 말인데 그럼 좋은 글의 기준은 무엇이냐?"

"그거야 앞으로 배우면 되지 않겠습니까?"

"그렇지. 그러니 하나마나 한 소리라는 것이다. 좋은 글의 기준도 모른 채 좋은 글을 분석하라고 권하는 것은 부질없는 짓이지. 우선 좋은 글의 기준을 알려주고 연습하라고 해야 하지 않겠느냐. 이런 의미에서 4번째 요령은 하나마나 한 소리다, 이런 말이다."

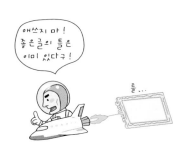

"하지만 4번째 요령에는 이런 말이 있습니다. '공부를 하다 보면 중요한 통찰을 얻고 감동을 받은 글이 있게 마련입니다. 그런 글에 대해서는' 분석이 필요하고, 연습을 하면 '일정한 틀을 염두에 두면서 글을 써나갈 수 있'다는 주장은 문제가 없어 보이는데요?"

"허허, 일정한 틀이라고 말했느냐? 바로 일정한 틀이라는 것은 글 쓰는 사람이 많은 연습을 통해 발견할 필요가 없다는 것이다. 왜냐? 일정한 틀이라는 것이 이미 존재하기 때문에 이 틀을 배우고 익혀서 써먹으면 그만인 것을 무엇하러 위험을 무릅쓰고 노력을 들이면서 분석할 필요가 있겠느냐. 만약 자신의 분석이 잘못되어 잘못된 일정한 틀을 익히면 어떻게 하겠느냐?"

"그러니까 선생님 말씀은 이미 좋은 글이 갖는 틀이 존재한다, 그러니 그것을 배우고 익혀 써먹으면 되는데 쓸데없이 좋은 글을 분석하여 틀을 찾아내라고 요구하는 것은 웃기는 일이다. 뭐 그런 말씀이신 거죠?"

"대충 그렇다."

"그럼 이미 존재한다는 일정한 틀은 무엇입니까?"

"그것은 논증이니라."

"논증이요? 그게 무엇인가요?"

"차차 배우게 될 것이다. 한 가지 짚고 넘어가자면 우리나라 글쓰기에는 논증 개념이 없다는 것이 가장 큰 문제다. 논증 개념 없이 가르치고 배우고 하니 아무리 열심히 하는 것 같아도 성과가 없는 것이지. 어쨌든 다른 요령을 또 보자. 그래, 5번째 요령을 보자."

| 독자를 인식하고 써라 |

"제가 읽어보겠습니다. '가상의 독자를 염두에 두고 글을 쓰자.'"

"뭔가 이상하지 않느냐? '가상의 독자가 나의 글이나 표현에 대해 어떤 반응을 보일지 떠올려 보는 것이 좋습니다.' 라고 권고하고 있는데 이상하지 않느냐?"

"글쎄요. 가상의 독자가 마음에 안 드시는 것 같은데요. 다른 부분은 문제가 될 것이 없어 보입니다."

"그렇다. 가상의 독자라는 것은 존재하지 않는다. 적어도 글쓰기에서는 가상의 독자는 존재하지 않는다는 것이다. 서울대 글쓰기교실은 대학생을 대상으로 하기 때문에 여기에 제시된 요령들은 주로 보고서나 논문을 쓰기 위한 것이다. 바로 이 점이다. 서울대 글쓰기교실이 이런 글을 쓸 때에 실재하지 않는 가상의 독자를 대상으로 하는 것이 아니라 실제 대학생을 대상으로 글을 쓴다는 것이지. 세상의 어떤 글도 가상의 독자를 대상으로 쓰이지는 않는다는 얘기다."

"예를 들면요?"

"예? 아주 쉽지. 대학 입시의 논술은 누구를 대상으로 쓰는 것이지?"

"채점관입니다."

"그렇다면 보고서는 누가 읽으라고 쓰겠는가?"

"교수나 심사위원이겠지요. 또 회사의 기획안은 상사가 읽으라고, 프레젠테이션은 원청업체 사람들이 읽으라고…. 그런데 일기는 구체적인 독자가 없지 않나요?"

"모르는 소리! 일기의 독자는 자기 자신이다. 자신에게 말을 거는 거지. 따라서 이 세상의 모든 글은 다 구체적인 독자를 염두에 두고 있지. 가상의 독자를 염두에 두고 쓰는 글이란 목적이 없는 글이라고 할 수 있다."

"그래도 막연히 쓰는 글도 있지 않습니까? 그런 경우 가상의 독자를 상정하는 것이 도움이 되지 않을까요?"

"앞에서 배운 걸 다시 환기해보자. 문학적 글이 아닌 실용적 글쓰기의 목적이 무엇이냐?"

"남을 설득하는 것입니다."

"그렇다면 누군가를 설득하려 할 때 도대체 누구를 설득해야 하는지 정확히 알아야 할 것 아니겠느냐? 가령 영화를 만드는 사람이 주대상층을 고려하지 않고 만든다면 어떻게 성공할 수 있겠느냐. 글쓰기의 경우에도 도대체 누가 이 글을 읽을 것인가 하는 문제는 매우 중요하다. 그런데도 서울대 글쓰기교실은 가상의 독자를 염두에 두고 글을 쓰라고 권하고 있으니 이거야 원참. 뭐라 말을 해야 하나. 기가 차다고 할까."

금방이라도 입에서 쯧쯧 하며 혀를 차는 소리를 낼 것 같은 분위기였다. 멘토의 말 속에서는 글쓰기 교육의 현실에 대한 개탄과 함께 안쓰러움이 묻어나는 것 같았다. 논술이 중요하고 글쓰기가 없어서는 안 되는 능력이라고 강조되는 사회에서 서울대 글쓰기교실이 이 정도의 가이드를 제시했다는 것에 대해 멘토는 깊이 실망하고 있음에 틀림없어 보였다. 서울대가 이런 정도의 수준이라면 논술 채점에 대해서도 걱정이 될 수밖에 없을 것 같았다.

현민이 이런 생각을 하고 있는 동안, 멘토는 글쓰기가 강조되지만 실상 잘못된 글쓰기가 더 널리 보급됨으로써 실제로는 글쓰기를 망치고 있다는 생각을 거의 동시에 하고 있었다. 논술을 확대 실시하면 창의력과 독서력이 늘 것처럼 선전하고 있지만 사실은 암기 과목이 하나 더 늘어난 것에 불과하다는 생각도 들었다. 예상 문제를 열심히 풀고 틀에 박힌 전개 과정과 결론을 반복 연습하여 시험에 임하고 있는 것이 지금의 현실이니까. 그리고 앞으로도 크게 달라질 것은 없을 것이라고 걱정하였다.

그러나 보다 근본적인 문제는 출제하는 사람이나 논술을 가르치는 사람이나 배우는 사람 할 것 없이 모두 논술이 무엇인지, 그리고 실용적 글쓰기가 무엇인지 모르고 있다는 데 있다. 단적인 예가 바로 앞서 말한 가상의 독자이다. 실용과 가상의 독자는 결코 어울리지 않는다. 게다가 아직 우리나라에는 실용적 글쓰기와 문학적 글쓰기가 구별 내지 구분되지도 않은 상태이니 어려움은 더욱 커져만 가는 것이다. 그래도 할 수 있겠는가. 시작은 해보야지. 글쓰기에 대한 오해부터 없애고 보자. '파사현정(破邪顯正)' 이라는 말도 있지 않은가. 삿된 것들을 없애면 바른 것이 드러나겠지. 멘토는 이렇게 마음을 다잡고 현민에게 말했다.

| 글은 건축물과 같다 |

"다른 요령들은 어떤가 살펴보자. '가장 쉬운 부분부터 쓰기 시작하자.'라는 요령이 있는데 어떻게 생각하느냐?"

"그냥 하고픈 말씀을 하시는 게 더 좋을 것 같습니다. 제가 뻔한 답만 해서 선생님의 덫에 걸리니까요."

"푸하하, 좋다. 그렇게 하자. 한 편의 글에 가장 쉬운 부분이란 없다. 왜냐하면 한 편의 글은 건축물과도 같지. 다시 말해서, 설계도가 가장 중요한 것이고 설계도에 따라 짓는다면 어느 하나 쉬운 부분은 없다고 할 수 있기 때문이지. 모든 부분은 서로에게 의존하고 서로 관련을 맺고 있으니까 말이야. 바닥과 창틀 중 어느 것이 더 쉽겠는가? 여기서는 어느 것이 더 쉬우냐의 문제가 아니라 어떤 순서로 하느냐의 문제라고 할 수 있다. 물론 기술적으로 더 어려운 부분이 있겠지만 그것은 기술적 문제일 뿐 본질적 문제는 아니지. 알겠나?"

"모르겠습니다. 너무 어려운데요. 글이 하나의 구조물이다. 그래서 특정한 한 부분이 더 쉽거나 한 것은 아니라는 말씀이신가요?"

멘토는 현민과의 문답이 재미있는 듯 연신 미소를 띠고 목소리도 한껏 달떠 올랐다. 방금 전까지도 깊이 안타까워하던 현대 글쓰기의 문제도 잠시 잊은 것 같았다.

"비슷하다. 이런 요령도 있다. '매일 적어도 몇 줄씩 자기 생각을 글로 써보자.' 물론 좋은 말이긴 하지만 이것은 메모를 하자는 것일 뿐 글쓰기와는 직접적으로 관련은 없다. 방금 말했듯 이 글은 하나의 구조물이므로 어떤 문장이라도 구조물의 한 부분일 때에만 효력을 발휘하기 때문이야. 왜 고개를 갸우뚱거리느냐? 예를 들어주랴?"

"예."

"그러자꾸나. 가령 이런 생각이 들었다고 해보자. '인생은 매트릭스에 갇혀 있을지도 모른다.' 하지만 이 문장을 적어놓았다고 해서 글이 되는 것은 물론 아니다. 한 편의 글에서 이 문장이 결론이 될지 하나의 예가 될지는 글 전체의 구조에 의해 결정되는 것이므로 아무리 매일 몇 줄씩 자기 생각을 글로 써놓아도 메모 정도의 효과만 있을 뿐이라는 것이지. 이런 부수적인 것들이 중요한 요령처럼 다뤄지는 예는 많이 있다."

"이런 것들이 해당됩니까? '글의 주제에 관해 친구에게 미리

이런 요령만
흉내를 낸다구
네오가 될 수 있다는 건
아니란 말이지.

이야기해보자.' '다른 사람의 경험에서 배우자.' '자신의 글을 다른 사람에게 읽혀보자.' '초고가 완성되면 자기 글을 처음부터 끝까지 정독해보자.' 뭐, 이런 것들입니까?"

"그렇지. 그런데 왜 이런 것들이 부수적이라고 생각하느냐?"

"부수적이라는 것은 이런 것들이 없어도 글 쓰는 데 지장이 없다는 뜻 아니겠습니까? 따라서 친구에게 주제에 대해 이야기하지 않아도, 또 다른 사람에게 글을 읽혀보지 않아도 글을 쓰는 데는 전혀 지장이 없을 것이기 때문입니다. 물론 그렇게 하면 더 좋은 글이 될 수도 있겠지요."

"좋아, 아주 좋아. 그런데 아주 재미있는 구절이 있거든. '글의 소재나 주제가 자신의 삶과 어떤 관련이 있는지 생각해보자.' 이 구절에 대한 설명을 보면 이렇게 쓰여 있다. '글쓰기의 과정에 자신의 세계관과 가치관을 형성하기 위한 치열한 탐색이 동반되지 않았기 때문입니다. 글쓰기는 숨겨진 자아를 발견하고 자신을 하나의 인격체로 완성해가는 과정입니다. 그렇기 때문에 어떤 소재에 대해 글을 쓰더라도 늘 자기 자신과의 관련성을 되물어보는 것이 중요합니다.' 이는 아주 흔한 주장이지. 글이란 곧 사람이다. 이렇게 간단히도 말할 수 있는데 글쓰기가 인격을 완성해가는 과정이라는 주장은 아주 흔한 오해라서 다시 논하기로 하자. 지금은 단지 이것이 중대한 오해라는 점만 밝히기로 하자."

고개를 숙여 멘토는 다른 요령이 또 어떤 게 있었는가를 보는 것 같았다. 별로 중요하지 않다고 여겨서인지 일일이 기억하고 있지는 않은 모양이었다. 멘토는 잠시 후 고개를 들고 현민을 쳐다보았다.

"요령 중에 '내가 잘못 쓰고 있지 않은가 하는 불안감을 떨치자.'는 것이 있군. 이것도 재밌어. 이런 내용이야. '대학에서 새롭게 접하는 문제들과 토론 내용 가운데는 정답이 없는 경우가 많습니다. 특히 단순한 사실 확인이 아니라 쟁점이 되는 문제일수록 더더욱 그러합니다. 따라서 글을 쓰는 과정에서 엉뚱한 방향으로 빗나가고 있는 것은 아닌가 하는 불안감에 시달리지 말고 자신 있게 쓰는 것이 중요합니다.' 여기서는 불안감을 이야기하고 있는데, 글쓰기의 불안감의 원인은 무엇이라고 생각하느냐?"

잠깐이지만 현민은 이 질문 속에 뭔가 확인하고자 하는 것이 있다는 직감이 들었다. 글쓰기의 불안감이 어디에서 연유하느냐는 질문인데, 서울대 글쓰기교실에서 말하는 것처럼 답이 없는데 정답에서 벗어나고 있다는 생각에서 불안감이 생기는 것은 아닌 것 같았다. 그런 뻔한 질문을 할 리가 없으니까. 현민은 잠시 생각에 잠겼다. 그리고는 물었다.

"힌트 없나요?"

"힌트? 참 나, 이제는 뻔뻔해졌구나. 좋다. 힌트 준다. 네가 배운 것이다."

"배운 것이요?"

현민은 기억의 필름을 거꾸로 돌리기 시작했다. 배운 것 중에 있다는 것이지. 근데 뭘 배웠지? 말하듯 쓰면 안 된다. 누구나 잘 쓸 수 있는 것은 아니다. 문학적 글쓰기와 실용적 글쓰기는 다르다. 또 뭐였지. 아, 글쓰기는 문장력이 아니다. 뭐, 이런 것들이었는데…. 아, 생각났다! 글은 논리의 세계이다. 자연의 현상이 아니기 때문에 글을 쓰려면 자신도 모르게 긴장하게 되고 낯선 세계에 들어가는 느낌이 든다고 했다. 맞아, 그거야. 현민은 자신 있는 목소리로 답했다.

"생각났습니다. 그것은 글이라는 것이 자연스러운 세계가 아니라 논리의 세계이기 때문입니다. 즉 논리는 우리의 자연스러운 사고와는 다른 규칙이 지배하고 있으므로 낯설고 두렵게 느껴지는 것입니다. 맞지요?"

"모처럼 제대로 맞혔다. 그렇다. 글쓰기의 불안감의 근본에는 글이 논리의 세계라는 것이 깔려 있다. 생각을 해보아라. 누가 사지선다형의 고르는 문제가 아닌 서술형 논술이나 학술적 논문에 정답이 있다고 생각하겠느냐. 정답이 없다는 것은 누구나 알고 있지. 문제는 자신의 답을 제시하는 데 어려움을 겪는다는 것이지. 왜? 어떻게 자신의 주장을 전개하고 끌어내야 하는지 모르기 때문이야."

"그럼 방법을 모르기 때문에 불안감이 더 가중된다는 것인가요?"

"당연하지. 할 줄 모르니까 불안한 거야. 수영할 줄 알면 물에 들어갈 때 불안할 게 무에 있겠냐. 수영할 줄 모르니까 불안하고 무서운 거지. 글도 마찬가지야. 어떻게 쓰는지 모르니 불안한 거지. 물론 근본적으로는 글이 논리의 세계이기 때문에 부자연스럽고 낯설기에 더 불안한 거지만."

'할 줄 모르니까 불안한 것이다. 그럼 하는 법을 배우면 되는 것이구나.' 하는 단순한 결론이 떠올랐다. 그런데 멘토의 말이 옳다고 해도 서울대 글쓰기교실에 대해 너무 비판적인 것이 아닌가 하는 생각이 들었다. 그래도 명색이 서울대인데 좀 심하지 않은가? 다른 내용도 있을 텐데 그것도 그렇지는 않겠지. 현민은 용기를 내어 물어보기로 했다.

"글쓰기교실에 있는 다른 내용은 어떤가요? 맘에 드시나요?"

"뭐시라? 마음에 드냐고? 질문에 가시가 있구나."

"그게 아니라…. 다른 내용이 궁금해서요."

"다른 내용이란 독서법, 리포트 작성 요령 등이 있는데, 별로 맘에 들지는 않는다. 그 이유는 앞으로 차차 얘기해줄 것이다."

'앞으로 차차'라는 말에 다소 실망했지만, 그것이 무엇인지 감이라도 잡아보겠다는 생각으로 현민은 다시 질문을 던졌다.

"리포트 작성법에는 어떤 문제가 있나요?"

"성질 급하기는. 그래도 알고자 하는 자세는 좋다. 간단히 말하자면 서론, 본론, 결론의 형식은 좋지 않다는 것이지. 왜 그렇게 놀라느냐? 앞으로 배우면 알게 될 것이야."

말을 마치고 멘토는 현민의 손을 잡았다. 다른 곳으로 이동할 것 같아서 이번에는 먼저 물어보기로 했다.

"어디로 가나요?"

"조선시대로 간다. 조금 전에도 나왔지만 글쓰기를 인격체의 완성과정으로 보는 주장에 대해 생각해보려 한다. 그래서 조금 이동하려고 한다. 왜, 불만 있느냐?"

"아닙니다. 가시지요."

"가기 전에 이것을 보고 정리 좀 하여라."

글을 다 읽고 나니 멘토가 손을 내밀었다. 현민이 그 손을 잡자 순간적으로 밝은 빛이 두 사람을 감싸 안았다.

매일 적어도 몇 줄씩 자기 생각을 글로 써보자.
메모에 불과하다.

내가 잘못 쓰고 있지 않은가 하는 불안감을 떨치자.
글 쓰는 방법을 알면 불안감은 사라진다.

가장 쉬운 부분부터 쓰기 시작하자.
가장 쉬운 부분은 없다. 글은 유기체와 같은 구조이다.

좋은 글을 분석해 보는 습관을 들이자.
무엇이 좋은 글의 기준인 줄 알아야 분석할 수 있다.

가상의 독자를 염두에 두고 글을 쓰자.
가상의 독자는 없다. 누구에게 말을 거는지 확실히 해야 한다.

글의 주제에 관해 친구에게 미리 이야기해보자.
하나마나 한 이야기. 친구 나름이다.

다른 사람의 경험에서 배우자.
역시 하나마나 한 이야기. 너무 일반적인 이야기이다.

너무 규범에 얽매이지 말고 자유롭게 써보자.
어느 정도의 규범이 존재한다. 일단 규범을 익혀야 자유롭게 될 수 있다.

초고가 완성되면 자기 글을 처음부터 끝까지 정독해보자.
퇴고의 문제. 너무 당연한 이야기이다.

자신의 글을 다른 사람에게 읽혀보자.
역시 부수적인 문제. 전문가가 아니면 도움이 별로 안 된다.

글의 소재나 주제가 자신의 삶과 어떤 관련이 있는지 생각해보자.
글쓰기는 실용적인 목적으로 하는 것이지 거창하게 세계관이나 인생관까지
갈 것은 없다. 단순히 자신의 주장으로 남을 설득하기 위해 쓰는 것이다.

글을 쓰기 힘든 이유가 무엇인지 하나씩 스스로 따져보자.
바로 그것을 알아보자는 것이다.

	특징 및 문제점
이태준의 《문장강화》	· 1940년에 처음 나와 현재까지 출간되고 있으며, 많은 사람들이 글쓰기의 교본으로 삼고 있다. · 문학적 글쓰기에 치중하고 있다. · 문장력을 지나치게 강조한다.
배상복의 《문장기술》	· 1부는 문장의 십계명이고 2부는 우리말 칼럼인데 글쓰기가 결국은 문장력이라는 것을 보여주고 있다. · 글이란 문장으로 이루어지지만 문장이 좋다고 해서 좋은 글이 되는 것이 아니다. 문제는 문장과 문장의 관계가 어떤가에 달려 있다.
서울대학교 글쓰기교실 http://writing.snu.ac.kr	· 국내 최고 대학이라는 서울대학교 교수학습개발센터에서 운영한다. · 논문이나 보고서를 쓰는 대학생들을 대상으로 한다.

예

· 논설문을 쓰는 요령의 경우, 공명정대하고 논리 정연해야 하며 중언부언하지 말라는 등의 내용은 있지만 구체적인 방법을 알려주지는 않고 있다. 즉 실제로 논설문을 쓰는 데 별 도움이 안 된다는 얘기다.

· 문장의 십계명의 경우, 이 계명들은 문장 하나하나에만 적용될 뿐 문장들의 조직이나 문장들 간의 관계에 대해서는 아무것도 말하고 있지 않다.
· 군더더기 없이 간단명료하게 쓰라는 계명이 있는데 글은 문장 하나만으로 되지 않는다. 문장과 문장을 연결해야 하고 어떤 관계로 연결하느냐가 더 중요하다.

· 글쓰기 장애 요인 극복 요령 중 네 번째 '좋은 글을 분석해 보는 습관을 들이자'의 경우 좋은 말이긴 하지만 좋은 글의 기준도 모른 채 좋은 글을 분석하라고 권하는 것은 부질없는 짓이다.
· 다섯 번째 요령은 가상의 독자를 염두에 두고 글을 쓰라고 했는데, 실용적 글쓰기의 목적은 남을 설득하는 것이므로, 논술은 교수나 심사위원, 회사의 기획안은 상사, 프레젠테이션은 원청업체 사람들을 대상으로, 즉 정확한 독자를 염두에 두고 써야 한다.

—5—

서론과
결론은
깃털에
불과하다

문학적 글쓰기의 기승전결·논증
의 형식으로 써야 한다·서론과
결론은 깃털에 불과하다

글은 서론, 본론, 결론으로 구성된다

멘토 서론, 본론, 결론이 확연하게 구분되는 글은 읽는 사람을 지치게 만
듭니다.

현민 글은 반드시 서론과 본론, 결론으로 써야 하지 않나요?

멘토 일반적으로 실용적 글쓰기를 잘하기 위해서는 신문이나 잡지의 칼
럼 형식으로 쓰라고 권유하고 있는데, 칼럼의 형식은 곧 논증을 말
합니다. 서론과 결론은 서비스 차원에서 두는 것일 뿐입니다.

멘토 그러므로 서론, 본론, 결론이라는 형식을 버리고
논증을 취해야 실용적 글쓰기를 잘할 수 있습
니다.

문학적 글쓰기의
기승전결

저건 소설에서나
나오는 거 아니야?

밝은 빛이 사라진 후 눈을 떠보니 사방이 탁 트인 꽤 널찍한 정자가 보였다. 현민의 옆에는 새로운 멘토가 정자를 조용히 지켜보고 있었다. 현민도 멘토를 따라 정자로 눈을 돌렸다. 정자에는 훈장으로 보이는 선생님이 있고 예닐곱의 학동이 앉아 무엇인가 쓰고 있었다. 다가가 보니 꽤 어려워 보였는데 시(詩) 같았다. 시간이 얼마 흐른 후 학동들이 훈장 선생님께 여쭤보았다. 자신들이 제출한 시가 어떠한지 묻고 있는 것 같았다. 훈장 선생님은 목소리를 가다듬더니 한 수 지도하셨다.

"시를 짓는 데에는 예로부터 '기승전결'이라는 형식이 있어 왔느니라. 들어본 적이 있느냐? 그럼 기승전결이 무엇인지 누가 말해보아라."

한 학동이 일어서더니 차분하게 답했다.

"기승전결은 '기승전락' 또는 '기승전합'이라고도 합니다. 네 개의 구로 구성되는데, 첫 번째 구는 '기구'로 시상을 일으키고,

두 번째 구는 '승구'로 시상을 이어받아 발전시키며, 세 번째 구는 '전구'로서 장면과 사상을 새롭게 전환시키고, 네 번째 구는 '결구'로서 전체를 묶어 여운과 여정이 깃들도록 끝맺는 것입니다."

"오호, 잘했다. 그럼 네가 알고 있는 시를 한 수 읊어보아라."

그 학동은 잠시 머뭇거렸으나 곧 자세를 바로 하고 시를 암송하였다.

> 세상 사람들은 모란을 사랑해서
> 동산에 가득히 심어서 기른다.
> 그렇지만 황량한 들판 위에도
> 예쁜 꽃 피어난 줄은 아무도 모르네.
> 그 빛깔은 시골 연못에 달빛이 스민 듯
> 향기는 언덕 위 바람결에 풍겨 온다.
> 땅이 후미져서 귀한 분들 오지 않아
> 아리따운 자태를 농부에게 맡긴다.
>
> ─정민, 《정민 선생님이 들려주는 한시이야기》, 보림, 2002, 100쪽

"좋구나. 누구의 작품이더냐?"

"예, 고려 예종 때 시인 정습명의 〈패랭이꽃〉입니다."

현민은 이 광경을 유심히 보다가 갑자기 멘토에게 질문을 던졌다.

"선생님, 좋은 시이고 좋은 광경이긴 합니다만 이런 것이 실용

120

적 글쓰기와 무슨 상관이 있습니까? 제가 배우기로는 글에는 문학적 글쓰기와 실용적 글쓰기가 있는데 선생님께서는 실용적 글쓰기에만 관심이 있지 문학적 글쓰기는 다루지 않는다고 하셨는데 지금은 시를 짓는 법에 관한 것이니 문학적 글쓰기 아닙니까?"

"보기보다 예리한 질문을 하는구나. 그렇다. 이것은 시 짓는 법에 관한 것이니 문학적 글쓰기에 관한 것이지. 하지만 시의 한 형식인 기승전결이 시에 한정되지 않고 산문에도 적용되었기에 여기로 온 것이다."

"산문에도 적용되었다고요? 어떻게 적용됐나요?"

"내가 미리 준비해왔다. 네이버 백과사전에 이렇게 나와 있다. '또한 문장 수성에 있어서의 4단계, 즉 서론, 설명, 증명, 결론과 같은 4단계의 구분도 기승전결의 전용이다. 이는 소설이나 희곡에서 그 줄거리나 구성을 고안하는 데도 사용된다.' 무슨 말인지 알겠느냐?"

"잘 모르겠는데요."

"뭐시라? 잘 모르겠다고. 뭐가 이상하냐?"

"결국 문장이라는 것도 소설이나 희곡을 말하는 것이니 문학적 글쓰기 아닙니까? 여전히 우리의 과제와는 관련이 없어 보입니다."

"허허, 많이 컸구나. 맞는 말이다. 하지만 아직 끝나지 않았다. 무슨 말인고 하면, 문학적 글의 형식인 기승전결은 아직도 영향력이 남아 있다는 것이다. 드라마나 영화를 말할 때에도 여전히 유효하게 쓰이고 있으니 말이다. 기승전결이 시든 산문이든 문학적 글쓰기에 해당된다는 것을 말하고자 한 것이다."

"여전히 이상합니다. 겨우 그런 말씀을 하시고자 저를 이곳으로 데려오지는 않았을 것 같은데요."

"하하하, 눈치 챘구나. 그렇다. 다른 말을 하고자 이 자리로 함께 왔다. 한 가지 물어보겠다. 보통 논설문을 쓸 때 기승전결이 아닌 어떤 형식을 취하느냐?"

"그건 제가 잘 알고 있습니다. 서론, 본론, 결론 아닙니까? 그걸 왜 물으시는 거죠?"

"서론, 본론, 결론이라는 형식은 사실은 아무것도 말하지 않는다. 왜냐? 그것은 단지 겉보기 형식일 뿐이야. 그걸 아는 것과 모르는 것의 차이는 아무것도 없지. 이상한 이야기로 들리느냐?"

❶ 누구나 노력하면 글을 잘 쓸 수 있다

❷ 말하듯이 글을 쓰면 된다

❸ 많이 읽고 많이 써보면 글을 잘 쓸 수 있다

❹ 글은 서론, 본론, 결론으로 구성된다

❺ 글은 문장력이다

❻ 글쓰기의 궁극적 목표는 인격을 닦는 것이다

"예, 이상합니다. 특히 자신의 주장을 펼치는 글은 서론, 본론, 결론의 형식으로 쓴다는 것은 상식인데요. 아닌가요?"

"그래? 그럼 한번 따져보도록 하자. 그에 앞서 이걸 봐라. 지금까지 1, 2, 5번은 배웠고, 오늘은 네 번째 항목 '글은 서론, 본론, 결론으로 구성된다'는 것에 대해 배울 것이다."

논증의 형식으로
써야 한다

저건 또 뭔 소리냐?

   손을 내밀어 현민의 손을 잡은 멘토는 다른 곳으로 이동했다.
이번에는 시사주간지였다. 앞에 보이는 큰 제목은 《주간동아》였
는데 커버스토리 제목이 눈에 띄었다. '논술전쟁 왕도 있다'. 현
민은 멘토를 따라 주간지 속으로 들어갔다. 여러 이야기가 쭉 전
개되었는데 멘토가 몇 페이지를 넘긴 후에 현민에게 읽어보라며
손가락으로 가리켰다. 현민은 큰소리로 읽어 내려갔다.

신문 칼럼과 시사잡지를 많이 읽어야 한다.

신문과 잡지의 칼럼 형식은 논술 답안에 꼭 들어맞는다. 사설처럼 도식적이

지 않고, 글쓴이의 개성이 묻어나기 때문. 서론, 본론, 결론이 확연하게 구분

되는 패턴화된 글은 읽는 이를 지치게 만든다. 칼럼을 많이 읽으면 문제를 제

기하고 사안을 분석하는 힘을 가지게 된다. 같은 주제에 대해 서로 다른 주장

을 밝힌 칼럼을 비교해가며 읽는 습관을 들이자.

                                       ―《주간동아》, 제488호(2005.06.07.), 23-4쪽

현민은 다 읽고 나서 멘토를 쳐다보았다. '서론, 본론, 결론이 확연하게 구분되는 패턴화된 글은 읽는 이를 지치게 만든다' 는 구절이 있었다. 멘토는 분명 이 부분을 읽으라고 한 것이었다. 현민은 곧 질문이 뒤따를 것이라고 직감했다.

"왜 서론, 본론, 결론이 확연히 구분되는 글이 읽는 사람을 지치게 만든다고 생각하느냐?"

"글쎄요. 잘 모르겠습니다. 그런데 서론, 본론, 결론이 확연히 구분되는 글은 논술에서는 적절하지 않나요? 그것부터 알고 싶습니다."

"그렇다. 이렇게 물어보겠다. 방금 읽은 기사를 보면 서론, 본론, 결론이 확연하게 구분되는 글을 쓰지 말고 신문이나 잡지의 칼럼 형식으로 쓰라고 권하고 있는데, 그럼 칼럼 형식은 어떤 것이겠느냐?"

"모르겠습니다. 물론 서론, 본론, 결론의 형식은 아니겠지요. 칼럼을 가끔 읽지만 형식에 대해서는 생각해본 적이 없어서요."

"중요한 점인데, 칼럼은 논증의 형식을 따라야 한다. 논증이란 앞에서도 말했지만 자신의 주장인 결론과 주장을 뒷받침하는 전제로 구성되지. 다시 말해서, 칼럼은 논증 형식으로 쓴다는 것이지. 따라서 서론, 본론, 결론의 형식을 따르지 않는다는 것이야. 알겠느냐?"

"아직은 잘 모르겠습니다. 그렇다면 논설문이나 보고서를 서론, 본론, 결론 형식으로 쓴다는 것은 틀린 말인가요? 보통 그렇게 하고 있지 않나요?"

멘토는 크게 웃음을 터뜨리고 나서 장난기 있는 목소리로 물었다.

"한 가지 물어보겠다. 아버지와 아들이 있는데 둘 사이에는 문제가 많다고 하자. 그럼 어떻게 풀어야 하겠냐?"

"대화로 풀어야 하지 않습니까."

"맞는 말이지. 형식에 딱 맞아. 근데 대화를 어떻게 해야 하지?"

"…."

"대화는 잘 해야 하지 않느냐? 언제나 모든 문제의 해결책은 모두가 지혜를 모아 슬기롭게 잘 해결하는 것이지."

그러자 이번에는 현민이 웃음을 터뜨렸다. '잘 해야 한다' 는 말이 마치 개그의 한 토막처럼 들렸기 때문이었다. 하지만 배우는 사람이 너무 웃으면 안 된다는 생각이 머리를 스치자 이내 자세를 고치고 물었다.

"서론, 본론, 결론의 형식이 정말 형식이라는 것을 알겠습니다. 그럼 논증과 서론, 본론, 결론의 형식의 관계는 무엇입니까?"

"아주 간단하다. 본론을 논증의 형식으로 쓰면 된다."

본론을 논증 형식으로 쓰라는 것은, 본론은 전제와 결론이라는 형식을 갖춰야 한다는 말이었다. 논증 형식이 구체적으로 무엇인지는 앞으로 배운다고 했으니, 서론과 결론이 궁금해졌다. 서론과 결론은 없어도 되는 것인가?

서론과 결론은
깃털에 불과하다

그럼 몇 개 뽑아두
되는 거야?

"질문이 있는데요. 그럼 서론과 결론은 없어도 된다는 것인가요? 보고서나 논문을 보면 모두 서론과 결론이 있는데요."

"좋은 질문이다. 서론과 결론은 서비스 차원에서 두는 것뿐이다. 다시 말해서, 없어도 지장이 없는 것이지. 하지만 읽는 사람에게 이 글이 무엇을 말하려는지 미리 알려주는 것이 서론이고 글을 마치면서 무엇을 말했는지 정리해주는 것이 결론이라고 할 수 있지. 이것은 단지 서비스지 글의 요체는 아니라는 말이다."

"정말 그런가요? 그래도 서론, 결론이 있어야 글의 형식에 맞지 않습니까?"

"맞을지도 모르지만 그것은 정말 형식이며 서비스일 뿐이다. 영어로 말해볼까?"

영어까지? 그럴 필요가 있나 하는 생각이 들었으나 바로 멘토의 말이 이어졌다.

"본론을 영어로는 'body'라고 한다. 우리말로 번역하면 무엇이 되겠느냐?"

"아니, 지금 말씀하시지 않았습니까? 본론이라고."

"눈치가 없구나. 그런 질문이 아니고 'body'를 그냥 시쳇말로 번역하면 뭐냐는 것이다."

"아, 글쎄요. 몸인가요? 아닌가? 아, 몸통이라고 하는 게 더 좋겠네요."

"그렇지. 바로 그거야. 왜, 그런 말도 있지 않느냐. '난 깃털이다. 몸통은 따로 있다.' 이때의 몸통이 'body'에 해당된다고 할 수 있다. 무슨 말인고 하면, 몸통을 쓰기 위해 한 편의 글이 있다는 것이다. 서론이란 몸통으로 가는 안내판에 지나지 않는 것이고 결론이란 몸통을 다시 한 번 정리해주는 것뿐이다. 따라서 몸통에만 신경 쓰면 된다."

"그럼 칼럼은 몸통만을 쓰는 글이다, 이런 말씀이신가요?"

"그렇다고 할 수 있지. 칼럼은 분량이 적기 때문에 불필요한 서론과 결론을 둘 여유가 없다. 딱 할 말만 해야 하는 상황이니까 몸통만 쓰게 된다는 말이다. 알겠느냐?"

"예."

"오랜만에 '예' 소리 들어본다."

칼럼의 형식으로 쓰라는 말은 곧 서론, 본론, 결론이라는 형식을 버리고 논증의 형식을 취해야 실용적 글쓰기를 할 수 있다는 것을 의미하는 말이었다. 달리 생각해보니 일리가 있다고 생각되었다. 글은, 몸통인 본론을 어떻게 쓰느냐가 결국 글의 핵심

문제이므로 서론, 본론, 결론의 형식으로 쓴다고 해서 달라지는 것은 없는 것 같기도 했다. 몸통인 본론을 어떻게 쓰느냐가 해결되면 서론과 결론은 정말 서비스 차원이 되겠구나 하는 생각이 드니 멘토가 처음으로 멋져 보였다. 사실 멘토가 하는 말과 가르침은 다소, 아니 많이 상식과 어긋나지만 듣고 보면 고개를 끄덕이게 되는 면이 있었다. 왜 글쓰기가 어려운지 그리고 글쓰기의 어려움의 근본 원인이 무엇인지 명확하게 짚어주기 때문에 앞으로 글쓰기에 많은 도움이 될 것 같아 마음이 놓였다. 이런 현민의 마음을 멘토가 알아차린 것 같았다.

"수업이 마음에 드는 모양이구나. 그럼 논증으로 넘어가기 전에 글쓰기에 대한 마지막 오해를 풀어보자."

"듣던 중 반가운 이야기입니다. 드디어 마지막 오해를 풀게 되다니 기쁩니다."

"허허, 나는 반갑지 않게 들리는구나. 왜 수업이 지겹더냐?"

"그게 아닙니다. 하도 글쓰기에 대한 오해가 많고 깊어서 어서 벗어나고 싶습니다. 어서 오해에서 벗어나 제대로 된 글쓰기 수업에 들어가고 싶습니다. 그래서 좋아한 것입니다."

"그게 사실이라면 다행이다."

"그런데 이제 어디로 이동하나요?"

"네가 이동할 필요는 없다. 눈을 감고 지금껏 나와 한 이야기를 정리하고 있으면 새로운 멘토가 올 것이다. 내 손을 잡아라."

현민이 멘토가 내민 손을 잡고 두 눈을 감자 멘토가 바로 손을 놓았다. 이상하게 여긴 현민이 눈을 뜨자 이미 멘토는 사라지고 없었다.

서론, 본론, 결론이 확연하게 구분되는 패턴화된 글은 읽
는 이를 지치게 만든다. 따라서 서론, 본론, 결론이 확연
하게 구분되는 글을 쓰지 말고 신문이나 잡지의 칼럼 형
식으로 써야 한다.

칼럼은 논증의 형식을 따라야 한다. 논증이란 자신의 주
장인 결론과 주장을 뒷받침하는 전제로 구성된다. 다시
말해서 칼럼은 서론, 본론, 결론의 형식을 따르지 않고 논
증 형식으로 쓴다는 것이다.

서론, 본론, 결론은 하나의 형식에 불과하다. 보고서나 논
문을 보면 모두 서론과 결론이 있는데 이는 서비스 차원
에서 두는 것으로 없어도 무방하다.

그렇다면 논증과 서론, 본론, 결론의 형식은 어떤 관계가
있나. 그것은 아주 간단하다. 본론을 논증의 형식으로 쓰
면 된다. 즉 본론은 전제와 결론이라는 형식을 갖춰야 한
다는 것이다.

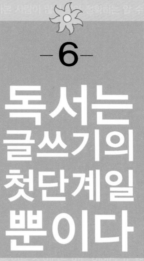

-6-

독서는
글쓰기의
첫단계일
뿐이다

독서는 글쓰기의 충분조건이 될
수 없다·생각거리를 어떻게 글
로 만들어내느냐가 더 중요하다

많이 읽고 많이 써보면
잘 쓸 수 있다

현민 이문열의 《삼국지》를 읽어도 논술에 도움이 되지 않는다는 것인가요?

멘토 책을 많이 읽으면 글을 잘 쓰게 된다는 말은 조심스럽게 해석해야 한다는 것

입니다. 건강이 행복에 없어서는 안 되는 요소이지만, 건강만으로는 행복해

질 수 없는 것과 같습니다.

멘토 다시 말해 포도가 좋은 포도주가 되기 위해서는 어떤 과정을 거치느냐가 중

요한 것처럼 좋은 책을 많이 읽는 것만으로는 좋은 글이

되지 않는다는 것입니다. 오히려 생각거리를 어떻게

글로 만들어내느냐가 더욱 중요한 것입니다.

독서는 글쓰기의
충분조건이 될 수 없다

마지막 오해라? 글쓰기에 대한 마지막 오해는 무엇일까? 지금
까지 배운 것을 생각해볼 때 분명 이번에도 상식을 뒤엎는 이야
기를 할 것이라고 쉽게 짐작할 수 있었다. 멘토의 가르침을 보면
처음 들을 때는 상식 밖의 이야기처럼 들리지만 끝에 가서는 많
은 사람들이 어렴풋하게 알고 있었던 것을 정리해주고 표면화시
켜준다는 것에 생각이 미친 까닭이었다. 마지막 오해도 아마 이
러한 범주를 벗어나지는 않을 것이라는 생각을 골몰히 하고 있
을 때 새로운 멘토가 조용히 나타났다.

"선생님, 마지막 오해는 가장 일반적인 것이겠지요?"

현민은 마지막 오해를 풀겠다는 급한 마음에 새로운 멘토를
보자마자 인사도 잊고 질문부터 꺼내 놓았다.

"하하하, 급한 친구로세. 뜸 들이지 말고 빨리 하자는 뜻으로
물어본 게로군."

"죄송합니다. 마음이 급해서 그만…."

현민은 자신이 인사도 하지 않고 대뜸 질문부터 던진 것이 죄송해서 뒷머리를 긁적였다.

"마지막 오해라고 하니 기대가 되어서요. 글쓰기에 관한 오해는 거의 다 나온 것 같은데 또 남았다고 하시니까요. 근데 마지막 오해가 뭐지요?"

"자, 이걸 봐라. 세 번째 항목이 바로 그 해답이다. 다름 아닌 많이 읽고 많이 써보면 글을 잘 쓸 수 있다는 믿음이지."

정말 예상 밖의 대답이었다. 다른 건 몰라도 많이 읽어야 글을

❶ 누구나 노력하면 글을 잘 쓸 수 있다

❷ 말하듯이 글을 쓰면 된다

❸ 많이 읽고 많이 써보면 글을 잘 쓸 수 있다

❹ 글은 서론, 본론, 결론으로 구성된다

❺ 글은 문장력이다

❻ 글쓰기의 궁극적 목표는 인격을 닦는 것이다

잘 쓸 수 있다는 것은 당연한 사실인데, 그 믿음이 잘못되었다니 현민은 잠시 멈칫할 수밖에 없었다. 책이나 각종 자료를 많이 읽어야 보고서든 기획안이든 논술이든 그 어떤 글이든 잘 쓸 수 있다는 것은 정말 상식이었다. 현민은 더 들어보기로 했다.

"어떤 뜻에서 많이 읽어야 글을 잘 쓴다는 것이 잘못된 믿음입니까?"

"내가 먼저 질문을 해보지. '건강을 잃으면 모든 것을 잃는다' 는 말을 들어본 적이 있겠지? 그렇다면 건강하면 행복하다는 말이 맞는 말이냐?"

현민은 멘토가 던진 명제가 너무도 놀라워 깊이 생각에 잠겼다. 사실 질문이 수상쩍게 느껴지기도 했다. 건강해야 행복하다는 것은 당연한데, 건강하면 행복하다고 하면 맞는 것인지 자신이 없었다. 현민은 확인해보기로 했다.

"건강해야 행복하다는 말은 맞는 것 같은데요, 건강하면 행복하다는 말은 잘 모르겠습니다."

"다른 멘토들을 통해 주의력이 많이 늘었구나. 허허허. 이렇게 이야기해보자. 필요조건과 충분조건이라는 것이 있다. 들어보았느냐?"

"예, 들어보았습니다. 가령 '40세 이상이어야 대통령이 될 수 있다'가 맞는 말이라면 '40세 이상'이라는 조건이 대통령이 되는 데 없어서는 안 될 필요조건이지요. 따라서 대통령이라면 40세 이상이라고 할 수 있습니다. 충분조건은 '올림픽에서 금메달 따면 군대 면제다'라고 했을 때 '올림픽에서 금메달을 따는' 조건은 이로 인해 군대에 가지 않기 때문에 충분조건이라고 할 수 있습니다. 즉 군 면제를 받는 데 올림픽 금메달이면 충분하다는 것이지요."

필요조건과 충분조건
명제 P가 참이면 명제 Q도 반드시 참일 때 명제 P는 명제 Q를 유도한다고 하며 $P \Rightarrow Q$로 표현한다. 이때 Q를 P이기 위한 필요조건, P를 Q이기 위한 충분조건이라 한다.

"제법이구나. 수학 시간에 졸지는 않은 모양이군. 그렇게 잘 알고 있다면 독서와 글쓰기의 관계를 잘 알 수 있겠구나. 어떠

독서는 글쓰기의 첫 단계일 뿐이다

냐?"

"건강이 행복의 충분조건은 아닌 것 같습니다."

"왜냐?"

"건강하기만 하면 행복하다면 건강한 돌쇠가 가장 행복해야 할 것 같은데 그건 아닌 것 같아서요. 건강이 행복에 없어서는 안 되는 요소인 것만은 틀림없지만 건강 하나만으로는 행복을 얻기 어려울 것 같습니다."

"따라서 건강은 행복의 필요조건이긴 하지만 충분조건은 아니다, 이런 얘기지?"

"예, 그렇습니다. 그렇다면 책 읽기와 글쓰기도 그러한 관계라는 말씀이신가요?"

"허허허, 정말 눈치가 많이 늘었구나. 그래, 독서는 글쓰기에 있어 필요조건일지는 몰라도 충분조건은 아니라는 것이다."

"그렇다면 글을 잘 쓰는 사람은 책을 많이 읽은 사람이라고 말할 수는 있어도 책을 많이 읽는다고 글을 잘 쓰는 것은 아니다 이런 말씀이신가요?"

"마지막이라고 하니까 갑자기 총명해졌구나. 네 말이 옳다. 따라서 책을 많이 읽으면 글을 잘 쓰게 된다는 말은 조심스럽게 해석해야 한다. 건강이 행복에 없어서는 안 되는 요소이지만 건강만으로는 행복해질 수 없는 것과 마찬가지이지."

들고 보니 별 얘기도 아닌 것 같기도 했다. 어쨌든 책을 많이 읽으면 글쓰기에 좋다는 말이 아닌가. 책을 많이 읽는다고 해서 꼭 글을 잘 쓰는 것이 아니라고 해도, 책을 많이 읽지 않고는 좋은 글을 쓸 수도 없다는 말이기도 했다. 그렇다면 어쨌든 책을 읽어야 하는 것이네. 그럼 상식과 어긋나는 게 없다는 것인가?

생각거리를 어떻게 글로 만들어내느냐가 더 중요하다

생각하는 건 싫지만
그래야 글을 쓸 수 있다면~

현민이 그 해답을 찾고자 잠시 생각에 잠겨 있는데 멘토가 말을 꺼냈다.

"어쨌든 책을 많이 읽으면 좋다는 것인데 책을 많이 읽는다고 글을 잘 쓰는 것은 아니라고 말하는 것이 잘못은 아니지 않는가 하는 생각을 하고 있느냐?"

속으로는 조금 놀랐으나 아닌 척하며 현민은 답했다.

"그렇다기보다 어쨌든 책을 많이 읽어야겠다는 생각을 했습니다."

"그래? 아직 내가 무엇을 말하려는지 모르고 있구나. 책을 읽지 말라는 말이 아니라 책을 읽는다고 글이 써지는 것은 아니라는 것이다."

"무슨 말씀인지 알고 있는데요."

현민이 불만을 숨기지 않고 조금 퉁명스럽게 대꾸를 하자 멘토는 아직 멀었다는 표정을 지으면서 다시 물었다.

"포도주를 빚으려면 무엇이 필요하냐?"

약간 뜨악한 표정으로 현민이 대답했다.

"포도 아닙니까?"

"물론 그렇지. 포도가 있어야 포도주를 만들 수 있겠지. 하지만 포도주를 빚으려면 포도를 발효시킬 시간이 필요하지. 포도가 바로 포도주가 되지는 않는다는 거야. 다시 말해서, 아무리 좋은 포도를 많이 확보해도 포도주를 만드는 공정이 적절하지 않다면 좋은 포도주가 나올 수 없다는 말이지."

현민은 포도주를 만드는 과정을 떠올려 보았다. 하지만 자세한 공정이 떠오르지 않았다.

"포도주 만드는 과정을 설명해주세요."

"들어보렴. 레드 와인을 만드는 과정은 다음과 같다. 포도 수확, 운반, 포장, 공장, 제경·파쇄, 전발효, 압착, 후발효, 앙금 분리, 숙성, 여과, 병입, 코르크 마개, 병 저장, 출하의 순이다. 어때? 알겠느냐?"

"너무 복잡해서 잘 모르겠습니다. 간단하게 말하면 어떻게 됩니까?"

"간단하게? 좋아. 이렇게 되지. 포도를 수확해서 열매를 분리하고 파쇄한 다음, 포도 주스를 만들고 발효를 시켜 숙성을 한 후 병에 넣으면 된다. 이제 알겠느냐?"

"예. 훨씬 쉽습니다. 근데 이런 이야기를 왜 하시는 겁니까?"

"아직도 모르겠느냐. 좋은 포도주를 만들려면 무엇이 필요하냐? 단순히 좋은 포도를 구하는 것만으로는 되지 않는다는 것을 알 수 있지 않느냐. 어떠냐?"

"조금 알 것 같습니다. 그러니까 말씀은 좋은 포도를 얻는 것은 좋은 포도주를 빚는 첫 단계에 불과하다. 사실은 그 후의 과정이 더욱 중요한 것이다. 이런 말씀이지 않습니까?"

"대충은 맞았다. 하지만 좋은 포도를 구하는 것이 첫 단계에 불과한 것은 아니다. 뒤 공정을 처리하는 솜씨가 비슷할수록 포도가 좋으냐가 중요한 문제가 되지. 어쨌든 비슷하게 맞췄다. 그럼 포도와 포도주의 관계를 독서와 글쓰기에 비유해보아라."

멘토는 이 이야기를 하고 싶어서 지금까지 이상한 이야기를 했던 것이다. 현민은 이미 답이 다 나와 있기 때문에 너무도 쉽다고 생각했다. 그래서 자신 있게 대답했다.

"독서가 포도에 해당되고 글쓰기는 포도주에 해당됩니다."

"문제가 너무 쉬웠구나. 그럼 네가 배운 바를 얘기해봐라."

이번에는 긴 서술형을 요구하는 것 같았다. 현민은 사실 서술형에는 약하다고 여겨왔지만 생각나는 데까지 이야기해보기로 했다.

"좋은 포도를 재료로 하면 더 좋은 포도주를 얻을 수 있는 것처럼 독서를 많이 하면 좋은 글을 쓸 수 있다는 것을 알았습니다. 하지만 좋은 포도만으로 좋은 포도주를 빚을 수 없듯이 독서를 많이 한다고 해서 좋은 글을 쓸 수 있는 것은 아닙니다. 좋은 포도라 할지라도 공정이 적절하지 않으면, 즉 열매를 분리하고 파쇄하는 일, 포도 주스로 만들고 발효시키는 일, 그리고 숙성 과정과 병에 넣는 과정이 적

절하지 않으면 좋은 포도주를 만들 수 없다는 것입니다."

"그래, 그렇다면 책을 많이 읽는 것 말고 어떤 과정을 거쳐야 좋은 글이 나오겠느냐?"

"아니, 그걸 제게 물으시면 어떡합니까? 저는 배우는 학생인데요. 그걸 알면 제가 여기에 있겠습니까?"

"허허, 이제 덤비는구나. 뭐, 네 말에도 일리는 있다. 하긴 그런 것을 다 알면 선생을 하지 학생을 하겠느냐. 그러나 한 가지만은 확실히 해두자. 좋은 포도를 어떻게 가공하여, 다시 말해 포도가 어떤 과정을 거쳐야 좋은 포도주가 되는지가 중요한 것처럼 아무리 좋은 책을 많이 읽어도 그것만으로는 좋은 글이 되지 않는다는 것이다. 어찌 보면 생각거리를 어떻게 글로 만들어내느냐가 더 중요하다는 것이지. 이것은 알겠지?"

"예, 분명히 알겠습니다."

"좋다. 그럼 지금까지 배운 것을 정리해보아라. 포도주 빚기를 포함하여 네가 기적의 도서관에서 배운 모든 것을 정리해보는 것이다."

도서관에서 배운 것을 모두 정리해본다는 말에 현민은 머릿속이 잠시 새까맣게 되는 것 같았다. 참으로 많은 것을 배운 것 같기는 한데 갑자기 떠올리려니 생각이 잘 나지 않았다. 현민은 마음을 가라앉히고 고개를 숙여 하나하나 곰곰이 생각해보았다. 먼저 글쓰기에 대해 잘못 알고 있던 것들을 멘토들에게서 자세히, 그리고 약간은 비웃음을 받으며 배웠다. 글은 문장력이 아니라 논리력이라는 것과 말과 글은 다르다는 것과 노력한다고 다 글을 잘 쓸 수 있는 것은 아니라는 것 등을 배웠다. 하여튼 현민 자신이 생각하고 있던 것들이 모두 틀렸었다는 생각을 하고 있는데 멘토가 종이를 한 장 내밀었다. 종이를 받고 고개를 드니 지금까지의 멘토 중 가장 나이 들어 보이는 새로운 멘토가 현민을 내려다보고 있었다.

건강과 행복의 관계를 보자. 건강은 행복의 필수조건이지만 충분조건은 아니다. 책 읽기와 글쓰기도 마찬가지다. 독서는 글쓰기에 있어 필수조건이지만 충분조건은 아니다. 즉 글을 잘 쓰는 사람은 책을 많이 읽은 사람이라고 말할 수는 있어도 책을 많이 읽는다고 글을 잘 쓰는 것은 아니다.

좋은 포도를 재료로 하면 더 좋은 포도주를 얻을 수 있는 것처럼 독서를 많이 하면 좋은 글을 쓸 수 있다. 하지만 좋은 포도만으로 좋은 포도주를 빚을 수 없듯이 독서를 많이 한다고 해서 좋은 글을 쓸 수 있는 것은 아니다. 좋은 포도라 할지라도 공정이 적절하지 않으면, 즉 열매를 분리하고 파쇄하는 일, 포도 주스로 만들고 발효시키는 일, 그리고 숙성 과정과 병에 넣는 과정이 적절하지 않으면 좋은 포도주를 만들 수 없다.

좋은 포도를 어떻게 가공하여, 다시 말해 포도가 어떤 과정을 거쳐야 좋은 포도주가 되는지가 중요한 것처럼 아무리 좋은 책을 많이 읽어도 그것만으로는 좋은 글이 되지 않는다. 어찌 보면 생각거리를 어떻게 글로 만들어내느냐가 더 중요하다.

있다는 말도 있었다. 또 책은 없고 이상한 시스템만 있다는 이야기도 들렸다. 자세히는 모르겠으나 말이 도서관이지 모든 것을 가르쳐주는 학원 같은 곳이라는 소문도 있었다. 입장료는 무료이고 시간제한은 없다고 하는데 실제로 어떤 곳인지는 생긴 지 얼마 되지 않기 때문에 가본 사람이 많지 않아 정확히는 알 수 없었다. 들리는 말로는 기적의 도서관에는 종이로 된 책은 한 권도 없다고 했다. 그리고 관리하는 사람이 한 명도 없는데 신기하게도 모든 책을 읽을 수 있다는 말도 있었다.

—7—

글쓰기는
실용적
도구이다

글은 그 사람이다 • 글은 먹고살
기 위해 쓴다 • 보이는 데까지 우
선 가라, 꾸준함이 힘이다

글쓰기의 궁극적 목표는 인격도야다

멘토 글쓰기와 인격도야가 관련이 있을까요?

현민 어떤 책에서 '글은 그 사람이다' 라는 것을 보았습니다. 곧 글쓰기를 통해 인격도야에 도움이 된다고 생각합니다.

멘토 톨스토이 부인이 쓴 글을 보면 톨스토이는 인간적으로 형편없었다고 볼 수 있으며, 시인들 중에는 훌륭하다기보다는 괴짜나 기인들이 많습니다. 더욱이 실용적 글쓰기의 경우에는 인격과 관련이 없습니다.

멘토 <u>글쓰기는 실용적 도구이며, 먹고사는 데 없어서는 안 되므로 꼭 익혀야 하는 것입니다.</u> 그리고 글 쓰는 방법을 익히기 위해서는 글쓰기에 대한 이러한 일반적인 오해를 먼저 제거해야 합니다.

글은
그 사람이다

그럼 글을 안 쓰는
사람은 뭐야?

"선생님, 안녕하세요?"

온통 새하얀 머리칼과 수염에 다소 주눅이 들어 현민은 꾸벅
하고 인사를 했다.

멘토가 전해준 종이를 펴보니 어디선가 본 것 같았다. 표를 자
세히 보니 기적의 도서관에 처음 왔을 때 받았던 스크린 테스트
와 같은 내용이었다. 처음 테스트 때 0점을 받고 결과가 맨땅에
헤딩하는 수준이라고 나왔었는데, 지금 그 테스트 내용을 다시
주는 이유를 알 수 없었다.

"지난번에 했던 테스트 아닌가요?"

"맞단다. 그런데 왜 또 하냐고? 일단은 정리하는 마음으로 다
시 해보도록 하여라."

이미 해보았던 것이고 간단한 것이었으므로 현민은 항목을 하
나씩 읽으면서 체크해갔다.

쭉 읽어 내려오면서 체크를 하니 'NO'에 손이 가게 되었다.

	예	아니오
❶ 누구나 노력하면 글을 잘 쓸 수 있다		✓
❷ 말하듯이 글을 쓰면 된다		✓
❸ 많이 읽고 많이 써보면 글을 잘 쓸 수 있다		✓
❹ 글은 서론, 본론, 결론으로 구성된다		✓
❺ 글은 문장력이다		✓
❻ 글쓰기의 궁극적 목표는 인격을 닦는 것이다			?

지난번 테스트 때는 전부 'YES'에 체크해 0점을 받았었는데 멘토들에게 배운 교육의 효과인 것 같았다. 현민은 스스로도 자신의 생각이 많이, 아니 전면적으로 바뀌었음을 느끼고 있었다. 그런데 마지막 항목은 아직 배우지 않았다는 생각이 들었다. 글쓰기의 궁극적 목표가 인격도야에 있다는 말이 맞다고 여겨졌지만, 지금껏 자신의 생각과는 반대의 내용이 답이었다는 것을 생각하고는 현민은 그 항목을 물음표로 남겨두었다. 현민은 고개를 들어 멘토에게 물었다.

"선생님, 마지막 문항은 배우지 않았는데요. 글쓰기의 궁극적 목표는 인격을 닦기 위한 것이 맞는 말입니까?"

"그래, 그 항목을 왜 남겨두었겠느냐? 스스로 생각해보아라. 네가 지금까지 배운 것을 바탕으로 생각해보면 풀릴 것이니라."

이럴 줄 알았다. 어쩐지 쉽게 끝난다 했지. 할 수 없지. 생각해보자. 글을 쓰면 인격도야에 최소한 도움이 된다고 생각할 수 있지 않나? 물론 글 쓰는 궁극적 목표가 인격을 닦는 것이라는 주장은 무리가 있다 해도 글이 곧 사람이다. 그런 말도 있지 않은가. 그렇다면 글쓰기를 연마하면 인격도야가 된다는 말인데…. 학교에서도 이런 말을 많이 들었던 것 같고 그런 글도 읽었던 것 같다. 물어봐야지. 멘토는 무엇이든 알고 있으니까.

"제가 전에 어떤 책에서 글이 그 사람이라는 주장을 읽은 적이 있습니다. 정민 선생님의 책이었던 것 같은데요."

"내가 알고 있을 거라 생각하고 묻는 거지? 물론 알고 있지. 정민의《정민 선생님이 들려주는 한시이야기》라는 책이 아니더냐?"

"그런 것 같습니다."

"그렇다면 이 구절이겠구나."

옛말에 '글은 그 사람과 꼭 같다'는 말이 있다. 시를 보면 그 사람이 어떤 사람인지가 다 드러난다. 시인이 사물과 만난다. 마음속에서 어떤 느낌이 일어난다. 그는 그것을 시로 옮긴다. 이때 사물을 보며 느낀 것은 사람마다 같지 않다. 그 사람의 품성이나 생각이 서로 다르기 때문이다. (99쪽)

"맞습니다. 그게 맞는 말 아닌가요? 글이 그 사람이라는 말, 좋은 말인 것 같은데…."

"허허, 헛배웠구나. 잘 생각해보도록 해라. 여기서 말하는 글이 어떤 종류의 글이더냐?"

"…."

어떤 종류의 글이라니? 조금 전에 시라고 읽었는데. 시를 보면 그 사람이 어떤 사람인지가 다 드러난다는 말이 있었는데. 시라⋯. 오호, 알겠다. 시가 처음에 배운 분류에 의하면 문학적 글쓰기에 해당하지. 그렇다면 실용적 글쓰기가 아니라는 말이겠다.

"시는 문학적 글쓰기에 속합니다."

"그렇지. 다시 말해서 실용적 글쓰기가 아니라는 뜻이지. 우리가 배우고자 하는 글쓰기는 어떤 종류이더냐?"

"실용적 글쓰기입니다."

"그렇다면 실용적 글쓰기와 인격도야가 관련이 있어 보이더냐? 다시 말해, 리포트나 기획안 잘 쓰는 사람이 인격도 훌륭하냐는 것이다. 또 논술 잘하는 학생의 인격이 못하는 학생보다 높으냐? 아니면 열심히 논문 쓰면 인격수양이 되겠느냐?"

"잘 모르겠는데요. 하지만 어떤 글이든 열심히 쓰면 뭔가 인격에 영향을 미치지 않을까요?"

"그래, 어려운 얘기 더 하지 말고 이렇게 얘기해보자. 문학적 글쓰기는 인격수양에 도움이 될지 모르지만 실용적 글쓰기는 인격과는 별로 관련이 없단다. 앞에 말한 시는 실제로 그 사람을 드러낼지도 모르지. 소설도 그럴 수 있을 거야. 하지만 보고서는 인격과는 관련이 없지. 자신의 주장이 무엇인가 그리고 그 주장을 어떻게 전달하느냐가 중요하기 때문이다. 인격보다는 능력과 관련이 있다고 봐야겠지."

"선생님 말씀이 비정하게 들립니다. 인격보다 능력의 문제라고 말씀하시는데 그렇다면 인격은 형편없어도 논문이나 리포트는 잘 쓸 수 있다는 말씀이신가요?"

"그렇단다. 주장은 인격과는 별 관련이 없지. 사실 문학적 글쓰기와 인격과의 관계도 의심스럽다."

"그것은 왜 그렇습니까?"

"톨스토이는 소설로 세계적인 작가가 아니더냐. 하지만 톨스토이 부인이 쓴 글을 보면 그는 인간적으로 형편없다고 볼 수 있지. 결국 집을 나와 객사하지 않았더냐. 게다가 시인들은 인격이 훌륭하다기보다 괴짜나 기인이 많지 않느냐. 자세히 곰곰이 따져보면 작품과 작가는 별개라고 할 수 있다."

"그렇게 말씀하시니 혼동됩니다. 그럼 결국 문학적 글쓰기나 실용적 글쓰기나 다 인격도야와는 별 관련이 없다는 말씀 아니십니까?"

"하하, 그렇게도 이해되겠지. 그래도 시나 소설이 보고서나

기획안과 같은 실용적 글보다는 인격과 더 관련이 있겠지. 하지만 '글이 곧 그 사람이다'는 주장은 받아들이기 힘들다는 게야. 글은 과격해도 온순한 사람이 있고 그 반대의 경우도 있으니까."

"그래도 글을 열심히 쓰면 인격도야에 도움이 되지 않겠습니까?"

"그렇게 이야기할 수도 있겠지만, 그런 말은 해도 그만, 안 해도 그만인 게야. 왜냐고? 구두닦이도 구두를 열심히 닦으면 인격수양에 도움이 될 수 있고, 세상의 어떤 일이라도 열심히, 그리고 진심으로 하면 인격도야에 결정적인 도움이 될 수 있지. 그렇지 않겠냐?"

그 말이 맞는 말이기는 해도 어딘지 모르게 허무하다는 느낌이 들었다. 결국 글쓰기, 특히 실용적 글쓰기의 경우에는 고상한

	예	아니오
❶ 누구나 노력하면 글을 잘 쓸 수 있다		✔
❷ 말하듯이 글을 쓰면 된다		✔
❸ 많이 읽고 많이 써보면 글을 잘 쓸 수 있다		✔
❹ 글은 서론, 본론, 결론으로 구성된다		✔
❺ 글은 문장력이다		✔
❻ 글쓰기의 궁극적 목표는 인격을 닦는 것이다		✔

인격도야라는 목표를 갖고 있지는 않다는 말이기 때문이었다. 그렇다면 실용적 글쓰기는 먹고살기에 필요한 실용적 기술이라는 말인가?

　현민은 마지막 항목의 답으로 'NO' 칸에 표시를 했다. 이제 테스트에 있던 항목을 모두 다 끝냈다. 현민은 고개를 들어 멘토를 보았다. 이제 그만 끝내자는 무언의 압력을 행사하겠다는 듯이 얼굴을 조금 일그러뜨렸다. 멘토는 현민의 그런 얼굴을 보고는 넉넉한 웃음을 지었다. 마음을 다 안다는 표정이었지만 아직 질문이 남아 있다는 의미로 보였다. 다시 멘토가 입을 열었다.

글은 먹고살기 위해 쓴다

결국 그거였군.
어쩐지 어렵다 했어

"이제, 마지막 질문을 해보겠다. 도대체 글을 왜 쓰느냐?"

"문학적 글쓰기 말고 실용적 글쓰기를 말씀하시는 것이지요?"

"그래. 문학적 글쓰기는 작품이니까 논외로 하고, 왜 글을 쓴다고 생각하느냐?"

"그거야 글을 안 쓰면 안 되니까 쓰는 것 아닐까요? 글쓰기 좋아하는 사람이 어디 있겠어요. 시나 소설은 몰라도 실용적인 보통 글쓰기는 일기 쓰기도 싫어하잖아요. 하지만 어쩔 수 없으니까 쓰는 것이지요. 다른 이유는 잘 떠오르지 않습니다."

"다른 이유로 더 무엇이 필요하겠느냐. 어쩔 수 없으니까 쓰는 것이지. 그럼 왜 쓰기 싫은데도 어쩔 수 없이 쓸 수밖에 없겠느냐?"

"그거야 먹고살기 위해서 쓰는 것 아니겠습니까. 먹고사는 데 꼭 필요하니까 글을 쓸 수밖에 없다고 생각합니다. 대학에 들어가기 위해 논술을 보고, 학점을 따기 위해 보고서를 쓰고, 회사

에서 일하느라 기획안 쓰고, 학위를 따려고 논문을 쓰고, 프로젝
트를 따기 위해서 서류 작성하고…. 뭐 이런 일들이 다 먹고사는
일 때문이라고 생각합니다."

"말 한번 잘 했다. 맞구나. 다 먹고살기 위해 쓰는 것이지. 이
것은 다른 일들과 마찬가지란다. 다시 말해서 글을 쓴다는 것
은 목수가 생업으로 톱질을 하듯 하나의 기술이라는 것
이지. 여기서 주의할 점은 조각가가 작품을 위해 톱질을
하는 것과 목수가 생업을 위해 톱질을 하는 것이 다르다
는 것이다. 조각가의 톱질이 문학적 글쓰기라면 목수의
톱질은 실용적 글쓰기라고 할 수 있다."

"이해가 갑니다만 아무리 실용적이라고 해도 글쓰기를 먹고살
기 위한 방편이나 기술로만 치부하는 것은 지나치지 않나 생각
됩니다."

"허허, 지나치다고? 아직도 정신을 못 차렸구나. 지금까지 이
기적의 도서관에서 도대체 뭘 배운 것이더냐!"

현민은 아무리 스승이라고 해도 멘토가 너무 '오버'를 한다고
여겨졌다. 게다가 아직도 정신을 못 차렸다는 말에는 매우 화가
났지만 참기로 했다. 그리고 아무리 실용적 글쓰기라고 하더라
도 기술이라고 말하는 것은 지나치다는 생각을 하는데 멘토의
말이 이어졌다.

"심하다고 생각하는 모양이지? 입이 세 발은 나와 있군. 하지
만 생각해보아라. 익히지 않으면 살아갈 수 없는 기술이나 도구
로 생각하지 않는 한 실용적 글쓰기를 성공할 수는 없단다. 왜

냐? 말 그대로 먹고살기 위해 쓸 수밖에 없기 때문이지. 영어를 생각해보아라. 영어를 취미로 배울 수도 있겠지만 우리에게 영어는 생존의 도구이지 그 이상도 그 이하도 아닌 것이다. 대학에 가기 위해서 영어를 공부해야만 하고 취업하기 위해서 영어를 배워야 하고 취업 후에도 승진을 위해 영어를 갈고 닦아야만 하는 것이 현실이야. 실용적 글쓰기도 이와 하나도 다르지 않아. 글쓰기라고 해서 뭔가 고상한 무엇이 있다고 생각하면 큰 오해인 것이지. 바로 이것을 지적하고 싶었던 것이다. 충분히 알았으리라 믿는다."

무언가 무겁고 비장한 기운이 현민의 가슴을 감쌌다. 알았으리라 믿는다는 끝말이 특히 현민의 마음을 압도했다. 글쓰기에 덮여 있던 허식과 치장을 걷어내고 있는 그대로 실체를 보라는 말로 들렸다.

'글쓰기는 실용적 기술이며 실용적 도구다. 먹고사는 데 없어서는 안 되니 꼭 익혀야 한다. 글 쓰는 방법을 익히기 위해서는 글쓰기에 대한 일반적 오해를 제거해야만 한다.'

이런 말들을 떠올리며 고개를 드니 멘토가 웃는 얼굴로 말했다. 마음을 모두 읽고 있는 것 같았다.

여기서 배우고자 하는 실용적 글쓰기와 인격도야가 관련이 있는가? 다시 말해, 리포트나 기획안 잘 쓰는 사람이 인격도 훌륭하다고 할 수 있는가? 또 논술 잘 하는 학생의 인격이 그렇지 못한 학생보다 훌륭한가? 그도 아니면 열심히 논문을 쓰면 인격수양이 되는가?

문학적 글쓰기는 인격수양에 다소 도움이 될지 모르지만 실용적 글쓰기는 인격과는 별로 관련이 없다. 자신의 주장이 무엇인가 그리고 그 주장을 어떻게 전달하느냐가 중요하기 때문에 인격보다는 능력과 관련이 있다고 할 수 있다.

실용적 글쓰기의 경우 고상한 인격도야를 목표로 하기보다는 먹고살기에 필요한 실용적 기술이라는 말이 적절하다. 대학에 들어가기 위해 논술을 보고, 학점을 따기 위해 보고서를 쓰고, 회사에서 일하느라 기획안을 쓰고, 학위를 따려고 논문을 쓰고, 프로젝트를 따기 위해서 서류를 작성하고…. 익히지 않으면 살아갈 수 없는 기술이나 도구로 생각하지 않는 한 실용적 글쓰기를 성공할 수는 없다.

보이는 데까지 우선 가라, 꾸준함이 힘이다

좋아~ 가보는 거야!

"자, 이제 레슨은 끝났다. 어때? 재미있었느냐? 재미가 있지는 않았겠지만 그럭저럭 시간을 보낼 만은 했을 것이다. 참, 선물이 있다. 집에 가서 보아라. 행운을 빈다."

행운을 빈다는 말의 반향이 채 끝나기도 전에 멘토는 순식간에 사라졌다. 나타날 때 그랬듯이 사라질 때도 순식간이었다. 멘토를 향해 뻗었던 현민의 손에는 종이 한 장이 쥐어져 있었다.

잠시 멘토가 사라진 곳을 바라보던 현민은 이제 모두 끝났다는 생각으로 나갈 문을 찾아 두리번거렸다. 그때 현민의 눈앞에 안내원이 나타나 따뜻한 음성으로 말을 건넸다.

"좋은 여행이 되셨는지요? 다음에도 기적의 도서관을 찾아주시길 바랍니다."

현민은 안내원의 인사를 뒤로하고 도서관을 나왔다.

늦은 오후의 여린 햇볕이 거리를 따스하게 덮고 있었다. 다소 힘들었던 과정을 끝냈다는 기쁨 때문이었는지 발걸음이 가볍게 느껴졌다. 멘토와의 수업을 통해 현민은 글쓰기에 대한 오해가 매우 깊었음을 알게 되었고, 심각한 오해에서 벗어났으므로 이제는 글을 잘 쓸 수 있지 않을까 하는 기대도 생겼다. 한편으로는 구체적으로 배운 것이 없다는 생각이 들어 앞으로 어떻게 해야 할지 걱정도 생겼다. 하늘의 검은 구름은 걷혔지만 아직 해가 나타나지 않은 느낌이었다. 그때 멘토가 준 선물인 종이 한 장이 떠올랐다. 아직도 손에 쥐고 있었던 것이다. 현민은 조심스럽게 펴보았다.

보이는 데까지 우선 가라는 말이 있지. 걱정해봐야 아무 소용 없단다. 우선은 보이는 데까지 가서 또 거기서 보이는 데까지 가는 것이 인생이라는 것이다. 글쓰기도 마찬가지야. 이제 오해라는 검은 구름은 걷혔지만 또 어디로 가야 할지 막막할 게야. 하지만 걱정하지 마라. 다른 프로그램들이 너를 기다리고 있으니, 오늘 하루 푹 자고 내일 다시 도서관으로 가거라. 네가 다음에 만날 프로그램은 '논증 만들기'란다. 논증이라는 것이 무엇인지 그리고 구체적으로 논증을 어떻게 만드는지 가르쳐줄 것이다.
명심하여라. 보이는 데까지 가면 또 갈 곳이 보일 것이다.
꾸준함이 힘이다.

"그래, 오늘 푹 자고 내일 도서관에 가보자."